Débarquez-moi… ou je fais un malheur !

Isabelle DIENIS

Débarquez-moi…
ou je fais un malheur !

Roman

Belle lecture

Amicalement

Isabelle

FSC
www.fsc.org
MIXTE
Papier issu
de sources
responsables
Paper from
responsible sources
FSC® C105338

Édition : BoD – Books on Demand, info@bod.fr
Impression : BoD – Books on Demand, In de Tarpen 42,
Norderstedt (Allemagne)
Impression à la demande
ISBN : 978-2-3220-4047-6
Dépôt légal : Janvier 2023

« Tu n'as qu'une vie, et celle-ci est un voyage ».
Gael Crutzen

À mes filles,

1- Encore un matin

Nous flottons au-dessus des nuages, je suis à moitié endormie, du monde bouge autour de moi. L'hôtesse me réveille en me secouant tout doucement l'épaule. Je souris, je suis bien. Le commandant de bord m'octroie le privilège de visiter le cockpit. Je me lève et la suit. Elle se retire et nous laisse. Tom Cruise[1] se trouve devant moi.

Soudain un bip retentit. C'est quoi ce bazar ?

— Maman, maman, on est en retard !
— Bonjour, Tom.
— Maman, réveille-toi.
— Vous préférez que je vous appelle Maverick[1] ?
— Tu vas atterrir maintenant ! Encore ce cauchemar ?
— Non, pour une fois c'était un rêve magnifique.

Bienvenus dans ma réalité : je me prénomme Stéphanie, pas très original comme prénom me direz-vous peut-être mais il se trouve que ma mère voue une admiration

---

[1] Tom Cruise est un acteur et producteur américain connu pour son rôle de pilote d'avion de chasse Pete « Maverick » Michell dans *Top Gun* en 1986. En 2022 il revient dans la suite du film qui l'a révélé en tant que vedette internationale.

sans précédent au Rocher. Pas celui au chocolat (quoique), celui de l'Ouragan : Monaco et sa famille. Je suis quasiment aussi grande qu'elle, un peu moins musclée mais blonde. Enfin, vu toutes les colorations par lesquelles elle est passée on ne connaît plus vraiment sa couleur d'origine. Mais j'aime cette Princesse au cœur énorme, heureusement.

Peut-être quelques petites similitudes avec cette grande et célèbre fratrie car nous formons également une famille nombreuse : un mari (Thomas), quatre enfants et un chien.

Clémentine notre aînée, quinze ans, se trouve actuellement en seconde au lycée.

J'admets qu'elle apprécie moyennement son prénom de fruit. Enfant je trouvais qu'il lui allait bien, maintenant qu'elle devient ado avec un fort caractère, j'aurais peut-être dû miser sur Cruella, ma chère grande tête blonde longiligne aux yeux bleus. Elle a de bons résultats et est autonome, mais ce n'est pas une sinécure tous les jours.

Ensuite nous avons eu la chance (enfin d'après beaucoup de personnes) d'avoir des jumeaux. À l'échographie le médecin se montrait très gêné, il n'osait rien me dire. J'ai profondément scruté l'écran et lui ai demandé : « Il y en a deux » ? Tout de suite, il a poussé un « ouf » de soulagement.

Mon mari a cru à une blague. C'est mal me connaître, j'aime beaucoup plaisanter mais avec un sujet comme celui-ci je ne trouvais pas cela drôle du tout. Donc, non, je ne blaguais pas et il l'a très vite compris. Il en a fait une crise de panique. J'ai dû prendre un sac en papier pour qu'il respire doucement dedans. Pauvre chéri. Moi, enceinte, lui en plein stress, le monde à l'envers.

La grossesse n'a pas été simple mais les bébés ont atteint les huit mois attendus dans ce cas, avec de bons petits poids (2,460 kilogrammes et 2,360 kilogrammes) et sont restés très peu de temps en couveuse.

Deux fois plus de câlins mais également le double de travail et j'avoue que j'aurais bien aimé être une pieuvre. Avez-vous déjà tenté de nourrir deux enfants simultanément ? Déjà qu'avec un enfant on se sent parfois perdu mais avec deux, l'équation se révèle impossible. Comme on n'a que deux mains, on s'occupe d'un enfant l'un après l'autre et il y a toujours le second qui hurle. Les premiers mois ne sont pas des plus « épanouissants » au niveau logistique, m'avait prévenue une maman de jumelles mais il faut bien en passer par là.

Une fille et un garçon, le choix du roi : Juliette et Baptiste, douze ans maintenant, bruns aux yeux marrons comme leur père, sont au collège et viennent de me sortir de mon rêve alors que j'allais embrasser Tom Cruise !

Quant à la cadette (mais oui, nous sommes fous d'avoir voulu un quatrième enfant !) elle se prénomme Charlotte et elle va sur ses neuf ans, ce ne sera bientôt plus mon petit bébé, ce que je regrette énormément. Elle est aussi blonde que notre aînée, les deux doivent tenir de moi. J'adore les câlins et les bisous ; j'ai été gâtée lorsque les enfants étaient petits. Malheureusement au-delà de huit ans, il faut se rendre à l'évidence, cela commence à diminuer avant de complétement disparaître, surtout lorsque qu'ils prennent l'exemple des aînés. Et de nous dire d'un air blasé « les câlins, c'est pour les bébés ! »

Sans compter l'entrée en 6ème où il est interdit de leur mettre la honte devant les copains. J'ai bien compris la leçon même si parfois je m'amuse à passer devant chaque école en promenant notre adorable labrador, Donut. Les enfants l'ont réclamé et, une fois arrivé à la maison, plus personne pour le sortir. C'est un grand classique à priori. Je me suis fait avoir. Gamine, j'ai longtemps réclamé un chien, comme mes enfants, et j'ai fini par l'avoir, comme mes enfants. À la différence qu'étant fille unique de parents qui travaillaient tous deux et n'étaient pas du genre à me laisser revenir sur mes engagements, je m'en suis occupée seule. J'ai naïvement pensé que mes tendres progénitures feraient la même chose…

Avant le chien nous avions opté pour un poisson rouge ce qui se révéla une fort mauvaise idée pour les vacances. Soit il fallait le trimballer dans un seau et au bout du compte le poisson mourait littéralement de chaud, soit nous le laissions à la voisine, mais il se suicidait. Vous imaginez la scène du poisson qui saute hors de l'eau car il est séparé de ses maîtres ? La première fois, la voisine disposa un nouveau poisson dans le bocal mais la fois suivante j'avais compris son petit manège. Terminé le poisson rouge.

C'est vrai que pour les vacances un chien ce n'est pas l'idéal non plus, il faut trouver des endroits qui accueillent ces charmantes petites bêtes et qui ont investi dans un bon aspirateur. Sinon, le confier à des amis, mais c'est une sacrée responsabilité. Quant à le mettre en refuge, c'est hors de question, il serait traumatisé (et moi encore plus).

Ce matin, comme tous les matins, c'est la course et je ne comprends pas ce réveil en fanfare ! Le mien est toujours réglé sur un fond musical. Le bip strident qui retentit aujourd'hui est trop stressant pour démarrer la journée. J'ai bien tenté un simulateur d'aube dont on m'avait vanté les plus grands mérites (un réveil naturel avec relaxation matinale et, cerise sur le gâteau, il faisait également lampe de chevet). Mais le fait qu'on ne puisse pas du tout changer la lumière rouge de l'éclairage m'a excédée et je l'ai revendu aussi vite que je l'avais acheté.

À peine levée, ça ne loupe pas, un des enfants a toujours un cahier ou un mot de dernière minute à signer. J'essaye pourtant d'anticiper en leur posant la question quasiment tous les soirs, tel un perroquet, cependant la réponse est toujours négative. À croire que des mots s'écrivent tout seul la nuit. Ils pourraient aussi demander à leur père. Mais je crois vraiment que les hommes viennent de Mars et les femmes de Vénus. Comment mon mari saurait-il apposer une signature où que ce soit pour ses propres enfants ? Pourtant en début d'année scolaire je m'évertue, lorsque je remplis tous les dossiers en quatre exemplaires (les établissements pourraient faire un effort à l'heure de la dématérialisation) à indiquer toutes les personnes joignables. Et là, chaque parent doit déposer sa signature : je sais donc qu'il est capable de le faire, apparemment les enfants n'en ont pas conscience. C'est chaque année une grande aventure : nos charmantes têtes blondes ou brunes doivent absolument inventer une nouvelle signature à ce moment précis.

J'essaye aussi de préparer la table du petit déjeuner la veille, mais je passe plus de temps à les convaincre de ne pas partir le ventre vide. Au final, je laisse refroidir mon thé et la plupart du temps il reste sur la table de la cuisine toute la journée, voire dans ma chambre.

Je dois checker qui mange ou pas à la cantine suivant les absences des professeurs de dernière minute. Je me connecte quasiment 24h sur 24 sur cette fameuse application que l'on découvre au collège : Pronote. Le premier logiciel de vie scolaire censé faciliter la vie des parents. Mais que nenni ! Déjà faudrait-il que les professeurs déclarent leurs absences, qu'ils daignent renseigner les devoirs à faire et y enregistrent les notes. Certains n'ont pas dû avoir la formation. J'ai récemment appris que l'on peut même discuter avec ces professeurs ! Attention, pas dans l'espace-parents où identifiant et mot de passe ont été remis à la première réunion de 6ème, ce serait trop simple. En plus ils gâchent du papier car chaque parent a son propre identifiant et son propre mot de passe. Vous croyez vraiment que les papas s'inscrivent sur ce merveilleux logiciel ? Je vous laisse deviner la réponse. Donc, si je veux envoyer un message à un professeur il faut que je demande à ma progéniture de pouvoir accéder via son propre compte. Qui a bien pu trouver cette idée de génie ? Ce n'est sûrement pas ce « sacré Charlemagne » !

Après cela, la phase mise en route de la famille est-elle terminée ? Que nenni ! Il y a encombrement au niveau des pièces d'eau. Bizarrement tout le monde a décidé de se doucher à la même heure et non plus la veille. C'était tellement plus simple lorsqu'ils étaient plus jeunes et ne passaient pas des heures sous la douche et à se re-re-re-regarder dans le miroir !

Je me sacrifie et attends qu'une bonne âme me laisse sa place. Autant vous dire que dès le matin il faut s'accrocher surtout lorsque l'on est réveillé en sursaut.

Puis il reste le chien à sortir. Là, tout le monde s'est envolé, comme c'est étrange. Et Charlotte, la petite dernière avec sa bouille toute triste, me regarde car je ne dois pas être en retard pour la déposer à l'école.

J'ai l'impression d'être un robot, je suis en mode automatique tous les matins et j'ai la sensation d'avoir déjà effectué une journée avant même de m'asseoir derrière mon bureau. Je sais pertinemment que ce sera la même chose ce soir. Combien les femmes ont-elles de journées en une seule entre la maison, les enfants et le boulot ? Je culpabilise car parfois je me dis que je suis plus tranquille au travail qu'à la maison. Enfin, c'est sûrement une façon de parler car le travail peut aussi se révéler épuisant.

Par contre je crois que mon mari, comme beaucoup d'hommes, n'a pas tout ce stress à gérer et qu'il est plus bien détaché de tout cela. Je ne pense pas à du lâcher prise, plutôt à une forme d'égoïsme. Il se laisse porter par le mécanisme d'horlogerie que j'ai mis en place, un dispositif vital pour une famille nombreuse. Tous les emplois du temps sont affichés bien en vue dans la cuisine. Il ne faut pas se tromper entre les semaines paires et les semaines impaires, voire les semaines A ou B et les demi-groupes. Je suis d'autant plus pointilleuse que je sais pertinemment que toute faille du système sera systématiquement compensée par… moi. Or, je ne peux pas me rendre disponible vingt-quatre heures sur 24, j'ai un travail, ce qu'il a tendance à oublier.

Moi qui n'ai eu ni frère ni sœur, j'avoue m'être glissée facilement dans la peau d'une mère de famille nombreuse, ce qui n'est pas forcément une chose aisée. Quand tout roule, ça va, mais dès qu'il y a un petit grain de sable toute l'organisation peut s'en ressentir. Au final, c'est moi qui vais devoir tout assumer.

J'adore mon mari (ce magnifique grand brun ténébreux) mais pas question de compter sur lui pour récupérer Charlotte à l'école. À moins d'un tsunami peut-être ? Alors là, on ne récupérera plus personne dans ce cas ! Pourtant il est architecte à son compte, il peut avoir des disponibilités, non ? Il n'a emmené notre petite dernière qu'une seule fois chez le médecin traitant. J'ai rapidement reçu un appel téléphonique de ce dernier (sur mon lieu de travail) pour me demander quels symptômes avait ma fille, son père étant incapable de se débrouiller seul. J'ai donc tout expliqué en jonglant avec mon smartphone et mon ordinateur et vu directement les médicaments pouvant être prescrits, en priant pour qu'ensuite il n'oublie pas de passer les récupérer à la pharmacie.

Note à moi-même : préparer un mode d'emploi pour toute la famille lorsque l'on va à la pharmacie : avoir sa carte vitale, sa carte de mutuelle et son ordonnance sauf que tous les médicaments ne sont pas remboursés. « Pourquoi ? » me demande mon mari ? Qu'il demande au ministre de la Santé ! En plus il serait capable de me demander ses coordonnées, ces chevaux de bataille sont parfois imprévisibles On va peut-être oublier la petite note finalement.

Thomas, mon mari, n'aurait aucun scrupule à envoyer sa fille à l'école avec 40 de fièvre puisque l'établissement m'appellerait moi et non lui. Cela lui simplifierait bien la tâche ! Impossible pour ma part, je ne fonctionne pas ainsi. Si un enfant est malade, je préfère m'organiser pour le faire garder à la maison. Il sera mieux dans son lit et moi plus sereine au travail. C'est ce que j'appelle du gagnant-gagnant.

2- Un café, what else ?

J'arrive au travail vers 9 heures 30 après les inévitables embouteillages. Du coup je profite d'être bloquée dans ma voiture pour m'adonner à mon activité favorite : écouter de la musique en chantant comme une casserole à tue-tête. Au moins ici, personne ne peut me critiquer. Ça sonne horriblement faux, mais qu'est-ce que c'est libérateur ! Une fois en concert, j'avais filmé le chanteur alors que je m'égosillais en même temps. Inutile de vous préciser que j'avais massacré la chanson. Maintenant je fais attention à ne filmer que lui, ça m'évite des réflexions et ça ne gâche pas les souvenirs.

Je me gare et vais directement voir Audrey, mon assistante devenue une super amie, avec toujours 1000 choses à me raconter. Si elle n'existait pas, je l'inventerais. Pas très grande, toujours habillée avec des couleurs vives et perchée sur des talons.

Tous les matins on commence par de grandes embrassades ce qui fait un bien fou car cela devient bien rare de nos jours, ce doit être une conséquence de la Covid-19, je ne vois pas d'autre explication. J'imagine aussi que lorsque l'on travaille dans un mauvais environnement cela n'aide pas non plus. C'est donc parti pour un petit papotage-briefing avant d'attaquer sérieusement la journée. Sans oublier ma dose de caféine et George Clooney[2] est mon meilleur allié, Audrey part donc nous faire deux cafés.

— Tu as vu *L'amour est dans le pré*[3] hier soir ? Je sens que je vais m'inscrire et partir m'occuper des vaches. Enfin, surtout de leur propriétaire !

— Audrey, tu ne tiendras pas deux heures !

— Mais si ! Et puis c'est reposant et vivifiant la campagne.

— Tu es une fashion addict, tu ne supporteras pas de marcher en Louboutin dans les bouses de vache ma pauvre chérie.

— Effectivement, vu comme ça… Ils pourraient développer le concept Bottes-Louboutin-Bouses de vache !

Et nous deux de partir dans un énorme fou rire. Elle sait bien que j'ai raison mais ça fait toujours plaisir de s'imaginer que l'herbe (et c'est bien le cas de le dire) est plus verte ailleurs.

Je travaille comme journaliste pour un magazine féminin. Encore une chance que j'aime ce que je fais et que

---

[2] Georges Clooney est un acteur, réalisateur et producteur américain. Il est devenu célèbre grâce à son rôle du docteur Ross dans Urgences. Il apparaît depuis quelques années dans une publicité pour une célèbre marque de café.

[3] *L'amour est dans le pré* est une émission de téléréalité française sur M6. La saison 17 est présentée en 2022 par Karine Le Marchand.

l'ambiance se révèle très agréable. Je sais que ce n'est pas le cas de tout le monde, j'en suis bien consciente et apprécie ce luxe.

Audrey et moi sommes comme deux sœurs. Certes, parfois il ne faut pas tout mélanger mais nous avons vécu tellement de choses ensemble que ça fait du bien de pouvoir s'épancher en étant certaine que l'on ne va pas dire du mal de nous dans notre dos. C'est tellement difficile dans ce métier d'avoir une personne sur qui compter.

Comme notre magazine est principalement lu par des femmes il y a -malheureusement- bien peu de personnes de sexe masculin et nous adorons les quelques hommes qui se trouvent au sein de notre équipe. D'ailleurs nous ne manquons aucune occasion de les chouchouter et ils nous le rendent bien.

J'ai pas mal évolué au sein de cette rédaction. Après être arrivée comme simple stagiaire où je passais mon temps à préparer des cafés, j'ai tapé du poing sur la table et l'on m'a confié la rubrique « des chiens écrasés »[4] comme on dit, pour faire mes preuves. J'ai ensuite testé plusieurs autres services. J'aimais bien le courrier des lecteurs ou plutôt principalement des lectrices. Qu'il est agréable de voir des femmes s'en remettre à des inconnus pour confier leurs secrets, leurs soucis, leurs angoisses ! Et de compter sur nous pour leur

---

[4] La rubrique des « chiens écrasés » est l'appellation humoristique donnée à une rubrique dans un journal pour décrire des faits divers sans grande importance.

donner un point de repère, un angle pour s'en sortir, un but à atteindre. J'avais parfois l'impression de ressembler à une assistante sociale, même si je sais que leur travail est bien plus compliqué que le mien. Puis j'ai été affectée à la rubrique des livres, celle-ci je l'affectionnais particulièrement.

Être payée pour ma passion, le rêve ultime ! Moi qui ai toujours rêvé d'écrire mon propre roman. À une époque j'arrivais à dévorer jusqu'à deux cents livres par an, toujours un bouquin avec moi, une véritable passion. Lorsque j'étais jeune, je prenais tout ce qui me tombait sous la main dès que j'ouvrais un œil. Je ne posais même pas un pied par terre : j'allumais ma lampe de chevet et je pouvais rester pendant des heures à lire. Cela ne m'arrive plus qu'en vacances ou exceptionnellement le week-end, un pur plaisir. Passer la journée au lit ne me pose aucun problème. Je sais bien que tout le monde ne comprend pas cela. Si mes enfants pouvaient en faire autant ! Quand, à l'école, on leur demande de lire cinquante pages c'est un vrai calvaire, aujourd'hui ils ont leur smartphone greffé à la main. En général ils n'ont pas souvent de manuels à acheter car, vu ma bibliothèque, il y a de fortes chances pour que l'ouvrage demandé se trouve dedans. D'ailleurs, une fois, un de mes enfants m'avait dit qu'il lui fallait le livre d'un auteur mais il ne se souvenait plus du titre. J'ai tenté de trouver des indices, le seul étant : « il y a un Z dans le nom de cet auteur ». Ça, c'était de l'indice ! Vous le croirez ou pas mais j'ai réussi à trouver le fameux Graal : il s'agissait de « Art » de Yasmina Reza. Cela nous a valu une bonne tranche de rigolade pour la soirée.

Maintenant je m'occupe de tout ce qui touche au bien-être. C'est particulièrement tendance car nous sommes très stressés. La France est un des premiers consommateurs d'antidépresseurs. Pour ma part, je ne fume pas et je bois modérément, donc il faut bien compenser. Grâce à mon métier je peux tester toutes ces nouvelles activités qui vont, je l'espère, m'apporter un épanouissement quotidien. Je vais donc pouvoir faire une immersion totale dans toutes les disciplines telles que la méditation, la sophrologie, la cohérence cardiaque et le yoga. Moi qui ne suis pas une grande sportive, pourvu que je ne souffre pas trop en expérimentant ce dernier ! Une amie m'a un peu refroidie : elle s'est déclenché un lumbago en plein cours ! À son corps défendant elle avait essayé la posture de la pince debout (en gros on se penche vers l'avant, jambes tendues et la tête doit finir par toucher les genoux – rien que d'y penser, j'en ai des sueurs froides !), et avait forcé pour ne pas perdre la face devant les autres participants. Résultat : le dos a craqué. La première des choses à connaître en yoga : il ne faut jamais avoir mal. Pour en revenir à nos moutons, quand je vois le prix de certains cours, je me dis que je suis chanceuse car le journal me paye tout. Enfin, ça se négocie avec la publicité -évidemment- même si ça m'agace parfois car je ne suis pas fan de ce service qui nous demande souvent d'écrire d'agréables choses pour ne pas « perdre leur budget pub ».

Pour le yoga on dirait une vraie gamine ! Je suis tout excitée à l'idée de le découvrir avec une jolie tenue. Comment vais-je m'habiller pour pratiquer mon premier cours. Faut-il mettre des vêtements très moulants ou, au contraire, très larges ? Je n'en ai aucune idée et cela me permettra de me renseigner pour connaître les vêtements à se procurer. Par contre je vais également devoir tester la méditation et là, franchement, je ne suis pas du tout certaine d'y arriver. Mon cerveau fonctionne constamment, il n'est malheureusement pas muni d'un interrupteur. Parfois cela me ferait du bien. Je me souviens avoir essayé la méditation une fois, en vacances. Ma voisine s'était endormie tandis que moi je n'arrivais pas du tout à me concentrer. À l'époque j'étais plutôt branchée aérobic et boîtes de nuit... Comme diraient mes enfants, « j'étais jeune ». Non pas que je sois très vieille maintenant mais pour nos enfants dès que l'on passe la vingtaine on est dans la catégorie des « vieux croûtons ». Quant à la sophrologie je ne connais pas du tout et Audrey a prévu de m'inscrire à des cours collectifs.

J'adore expérimenter tout ce qui peut nous aider à aller mieux dans la vie : livres de développement personnel, sophrologie, méditation, yoga et tout ce qui tourne autour de cela. Bien que certaines personnes m'aient parfois parlé de sectes lorsque j'évoquais la sophrologie ou la méditation. Évidemment, comme dans beaucoup de domaines, il faut se renseigner et savoir où l'on met les pieds. Beaucoup de personnes ont tendance à vouloir se reconvertir dans le bien-être en faisant des formations express plus ou moins sérieuses. Il faut faire attention au choix du professeur. Grâce à mes articles j'essaye de démystifier tout cela.

3- Chérie, devine qui vient dîner ce soir ?

Au moment où je m'installe à mon poste de travail pour commencer à réfléchir à mon article sur la sophrologie puisque Audrey m'a prévenue que j'allais bientôt assister à un cours, je reçois un appel de mon mari. Je tiens à préciser que cela est extrêmement rarissime car Monsieur a un Travail, lui, donc jamais le temps de prendre le téléphone. Je m'attends forcément à l'annonce d'une catastrophe. En même temps vu qu'hommes et femmes n'ont absolument pas la même échelle de valeurs…

— Allô, ma chérie, ça va ?

D'emblée je n'aime pas ce « ma chérie, ça va », c'est la porte ouverte à des problèmes à mon humble avis. Je connais bien Thomas et son petit art de la manipulation (certes gentille) pour arriver à ses fins. Je m'attends au pire et commence à me demander si moi aussi je ne vais pas participer à l'émission *L'amour est dans le pré*, au moins le réseau ne passera pas et j'éviterai les appels de mon conjoint. Ma chère Audrey me donne des idées !

— La routine, je bosse sur un article.

Que répondre d'autre ? Nous nous sommes quittés ce matin, pas grand-chose à raconter depuis.

— Devine quoi ?

Là, j'avoue que je n'ai strictement rien à répondre. Ce n'est ni ma fête, ni mon anniversaire et encore moins celui de mariage. De plus les dates ne sont pas son fort donc je sèche très vite. Peut-être avons-nous gagné au loto, encore aurait-il fallu y jouer. Et puis les petites devinettes m'agacent au plus haut point lorsque je suis occupée, là, c'est le cas. J'ai besoin de concentration et non de jouer à ce jeu idiot « devine quoi » ? Je donne ma langue au chat.

— Gaby arrive ce soir et veut s'installer quelques jours chez nous, ce n'est pas génial ?

Le téléphone n'a pas coupé, nous ne sommes pas passés dans un tunnel, mais c'est tout comme.

— Tu ne dis rien ?
— Euh…

Une journaliste sans aucune répartie, je touche franchement le fond.

Gaby est ma belle-mère. Bien sûr que, comme belle-mère, il y a pire et je vous vois venir avec vos clichés ! La mienne, je l'adore. Enfin… je l'appréciais beaucoup *au début.*

On nous prenait d'ailleurs souvent pour mère et fille, c'est dire.

— Je vais la récupérer à Montparnasse à 19h13.

— Ce soir ? Mais mon chéri je suis débordée, moi.

— Je m'occupe de tout.

— Oui mais… non.

— Quoi ? Je gère.

Admirables sont nos hommes lorsqu'ils disent cela ! Dommage que dans la réalité, ils soient perdus dès qu'il s'agit de récupérer leur progéniture à l'école ou lorsqu'ils sont à l'article de la mort au moindre petit rhume.

— Ce n'était pas prévu, mon chéri.

Enfin ! Elle a bien dû réserver son billet de train il y a plusieurs jours. Ou alors, théorie du complot, c'est Thomas qui a tout organisé et qui me met devant le fait accompli, ce que je déteste.

Je récapitule donc : Gaby, ma belle-mère arrive ce soir… J'encaisse, toutefois mon cerveau se met à tourner tel un hamster dans sa cage. A-t-elle pris un billet de retour ? Franchement, la voir débarquer ne me réjouis pas du tout ! Au cas où elle déciderait de s'éterniser, c'est moi qui irais m'installer ailleurs. Si au début de ma relation avec son fils ça allait, depuis quelques années elle s'est renfermée sur elle-même et ne se montre pas des plus agréables. Sauf que Thomas a du mal à couper le cordon.

Sentant l'angoisse monter, je teste dès à présent mes premières lectures de sophrologie.

Z E N, Steph, inspire, expire, bref R E S P I R E. Oh Mer…credi, je ne sais plus ce qu'il faut faire.

— Ok, à ce soir.

— Bisous ma chérie, je t'aime.

No comment.

On m'a également parlé d'une autre méthode pour se calmer relativement vite. Je commence à trembler tellement je suis énervée, c'est mauvais signe. Je cherche cette appli, mais où se trouve-elle ? Il faut que je fasse du vide sur ce téléphone. Qui donc a installé du IbisPaint X ou du Captur Cut ? Au secours, ce n'est pas moi ! Ma cadette a encore dû me le subtiliser puisqu'elle n'a pas assez de forfait 4G. Je retrouve enfin ce que je cherchais Respirelax+. Une petite bulle qui monte et qui descend toutes les cinq secondes. On inspire, on expire. Avec le son on n'est même pas obligé de regarder la bulle. Bon, j'en suis à combien de temps, moi ? Ça dure cinq minutes, ce truc… que c'est long ! Dire qu'il faut faire cela plusieurs fois par jour. Je ne vais jamais y arriver, c'est censé m'apaiser mais ça m'énerve. En même temps, je tape « cohérence cardiaque » sur mon ami Google et il m'affiche : « la cohérence cardiaque est une pratique personnelle de la gestion du stress et des émotions qui entraine de nombreux bienfaits sur la santé physique, mentale et émotionnelle. La cohérence cardiaque permet d'apprendre à contrôler sa respiration afin de réguler son stress et son anxiété. Cette technique simple permettrait de réduire aussi la dépression et la tension artérielle. L'idéal est de la pratiquer régulièrement dans la journée car l'effet dure environ 4 heures.

Elle peut être obtenue de plusieurs façons mais la résonnance cardiaque (cohérence cardiaque obtenue par la respiration et la règle du 365) est la plus rapide et la plus simple : *3 fois par jour, 6 respirations par minute et pendant 5 minutes.* »

J'ai l'impression que je vais monter l'Everest. Il paraît que l'on peut la pratiquer partout même aux toilettes. Franchement qui a envie de faire de la cohérence cardiaque dans les toilettes, au milieu de rouleaux dont on ne trouve jamais le début et ça tourne, ça tourne, ça n'en finit plus… RESPIRE, je m'emballe encore ! Ma tension est à son apogée. Ce n'est pas le moment de penser à compter en respirant, inspirant ou expirant pendant cinq minutes alors que tu as juste envie de trouver le bout (à défaut d'y être) de ce satané rouleau. Pour ma part ça se termine en tirant partout afin qu'un morceau de papier se déchire n'importe où et que l'on en finisse.

Au final quelle est la différence avec la sophrologie ? J'interroge de nouveau Google car je suis incapable de ne faire qu'une chose à la fois : la sophrologie est un « entraînement du corps et de l'esprit pour développer sérénité et mieux-être basé sur des techniques de relaxation et d'activation du corps et de l'esprit. Elle s'adresse à toute personne cherchant à améliorer son existence et développer son hygiène de vie en visant à se détendre. Des séances spécifiques peuvent être proposées aux jeunes enfants, aux adolescents. La sophrologie n'est pas une médecine, elle ne soigne pas, il s'agit plus d'un outil de développement personnel. Elle est utilisée par de nombreux sportifs ou artistes pour mieux contrôler leur trac ou la « pression ». La sophrologie amène la personne à travailler sur ses propres valeurs et à mieux se connaître. C'est un outil très efficace pour garder confiance et espoir. Par une meilleure connaissance de soi cette discipline permet à chacun de se renforcer, d'améliorer son quotidien en portant un nouveau regard sur son présent et son avenir ».

Sur le papier ça a l'air franchement top mais, pour moi, c'est du pur charabia. Pourquoi je me suis lancée dans l'écriture d'un tel article qui, pour le moment et grâce à mon conjoint, n'a pas avancé d'un iota ? Après la pratique, ça ira sûrement mieux et j'aurai de la matière.

4- Belle ragazze

Audrey arrive face à moi, je sursaute, elle me trouve décomposée.

— Quelqu'un est mort ?

— Oui, moi.

— Très drôle, Steph. On va déjeuner à la cantine et tu me racontes ?

— J'aimerais manger à la cantine, avec mes copains et mes copines !!!!

— T'as pété un câble, toi et arrête de chanter faux, ça casse les oreilles.

— En fait j'ai besoin d'un verre, là, maintenant. On va dans notre cantine ?

Notre cantine ou, plus exactement, notre caverne comme nous avons plutôt coutume de l'appeler, c'est « Chez Gino », un petit restaurant italien sans chichi ni prise de tête qui se trouve à quelques pâtés de maisons du bureau. C'est surtout le dépaysement assuré rien que d'entendre parler italien. J'adore cette langue pour laquelle j'ai dû batailler au collège, mes parents ayant décidé de me faire apprendre l'allemand en deuxième langue pour être dans une bonne classe.

Allemand et latin, que de mauvais souvenirs pour moi. La professeure d'allemand n'était pas agréable du tout, quant à la langue, que c'était ardu et peu chantant ! J'ai même réussi à me faire éjecter d'un cours moi qui étais une enfant de chœur. Je n'en pouvais plus d'apprendre des listes de deux cents mots et de ne rien comprendre entre le choix des articles der, di, das. Nom masculin, féminin, neutre ? Pas mieux pour les conjugaisons en latin : rosa, rosae, rosum. Je n'ai jamais rien capté.

Par conséquent j'ai tout tenté pour arrêter cette langue vivante qu'est l'allemand et cette langue morte qu'est le latin mais impossible. J'ai alors opté pour une troisième langue qui est, je vous le donne en mille : l'italien !

— Ouh ouh, Steph, tu es avec moi ? L'italien, si tu veux, mais pas de pizza, ça fait grossir !

— Audrey… Gaby débarque pour une DND[5].

— Oh, merde !

— Comme tu dis.

— Alors pizza et Valpolicella ! C'est moi qui régale.

— Je peux prendre des taglicarbonara ?

Nous partons dans un fou rire.

---

5 DND : durée non déterminée.

Le ciel vient de me tomber sur la tête. J'aime bien l'organisation sans me montrer psycho rigide mais là ce n'est vraiment pas le bon moment. Nous sommes en pleine semaine, les enfants doivent se coucher tôt pour être en forme pour l'école et moi j'ai un article à boucler. Enfin, plutôt à commencer.

Pourquoi ma belle-mère s'autorise-elle à débarquer sans prévenir ? À moins d'un évènement grave ? Non, cela ne tient pas la route car Thomas n'avait pas du tout l'air affolé au téléphone.

— Buongiorno, belle ragazze[6].
— Giorno[7] Gino, répondons-nous de concert.
— Ça ne va pas les filles ?

Notre air dépité a littéralement cassé son beau parler chantant.

— Ça pourrait aller mieux. Tu nous mets de suite une bouteille de Valpolicella, per favore[8] ?
— Preggo[9].
— Et on enchaîne avec une margharita et des tagliatelles carbonara.

---

6 Buongiorno, belle ragazze : bonjour, belles dames
7 Giorno Gino : bonjour Gino
8 Per favore : s'il te plaît
9 Preggo : je vous en prie

Je n'ai pas spécialement faim mais il faut que je prenne des forces. La journée va être longue et qui sait ce que nous allons manger ce soir ?

— La poisse quand même. Ta belle-mère avait bien prévu son arrivée, non ?

— Honnêtement la connaissant elle prévoit tout ! Ce qui m'inquiète le plus c'est qu'elle n'a pas l'air d'avoir prévu son retour.

— Oh, ma pauvre, l'angoisse !

— Comme tu dis.

— Remarque les enfants vont être contents.

— Excités surtout et pour les coucher ce soir c'est mort ; demain matin je ne te raconte même pas comment je vais faire pour les lever.

— Il t'a dit quoi au juste ton mari au téléphone ?

— Déjà, il a commencé par un « Bonjour ma chérie, ça va » ?

— Oui, ça part mal.

— Et ensuite, grande question : « Devine quoi » ?

— C'est assez pourri comme entrée en matière.

— Je dirais que c'est très masculin.

— Un peu.

— Le pire c'est qu'elle veut s'installer quelques jours à la maison et là, j'avoue que je ne le sens pas du tout.

— Tu vois l'intérêt d'être célibataire comme moi dans ces cas-là : pas de belle-famille !

Et Audrey de me vanter l'avantage de vivre seule : pas de beaux-parents ni d'enfants, faire ce que l'on veut quand on veut. Oui, c'est sûr il y a de bons côtés. Parfois on ne doit pas savoir comment s'occuper, non ? Même si moi je rêverais de m'ennuyer car on dit que les enfants doivent s'ennuyer pour grandir, peut-être que les adultes aussi ? J'aimerais partir seule sur une île déserte, la mythique île déserte. Enfin, à part regarder la mer et manger du poisson, j'arriverais sûrement à déprimer, je ne suis pas Robinson Crusoé, moi, et il me faut quand même mon petit confort !

Gino apporte de quoi nous restaurer et nous enivrer pour oublier, l'espace d'un déjeuner, Gaby-la-belle-doche-qui-va-débarquer-ce soir-pour une DND.

La bouteille de Valpolicella descend terriblement vite. Savez-vous où j'ai découvert ce vin, d'ailleurs ? Pas du tout en Italie mais en Angleterre, lors d'un séjour chez une famille au fin fond de la campagne anglaise. Quel âge pouvais-je bien avoir pour goûter du vin ? Je ne m'en rappelle pas. Je lève mon verre et clame :

— À l'Angleterre !

— Chut, Steph, tout le monde nous regarde.

— M'en fiche.

— On est en Italie.

— Ah bon tu crois qu'on est en Italie, toi, arrête, tu es bourrée.

— Si c'est le cas, je ne suis pas la seule, alors. Tu me comprends, non ? Nous sommes chez Gino.

— Bien reçu, nous sommes chez Gino.

Celui-ci arrive pour nous demander si tout va bien.

— Si, tutto va bene, grazie mille Gino, mio amore[10].

— Un petit dessert, mesdames ? J'ai un excellent tiramisu.

— Je crois que nous avons assez mangé.

— Laissez-vous tenter.

— Si Gino insiste, impossible de résister bien que je préférerais du chocolat.

— Une mousse et un tiramisu ?

— Et deux cafés mon Gino.

— Ça marche.

— Ce soir, je ne mange pas.

— Pour moi ce sera une soupe.

— Une soupe ? Tu n'es pas drôle, toi.

— Tu auras peut-être la chance d'avoir des crêpes.

— Hilarant.

— Allez, on termine et on retourne bosser.

— Je ne sais pas si l'on va être en état.

---

[10] Si, tutto va bene, grazie mille Gino, mio amore : oui, tout va bien, merci beaucoup Gino, mon amour

5- Caycedo, mais qu'est-ce donc ?

De retour au bureau et un peu pompette, je me remets sur mon article sur la sophrologie, il faut en effet débuter doucement. Cependant j'ai, et vous vous en doutez bien, un sérieux problème de concentration. Il ne me reste plus qu'à appliquer les techniques d'Alfonso Caycedo, le fondateur de la sophrologie. Bien évidemment je ne peux pas maîtriser toutes ses techniques en deux temps trois mouvements. D'ailleurs, lui, combien de temps cela lui a-t-il pris ? À quel âge est-il mort ? Un 11 septembre, triste date. Lui, c'était en 2017. Juste pour savoir si la sophrologie conserve, je calcule son âge : 85 ans, pas mal, mais pas extraordinaire non plus.

De quoi vais-je donc parler dans cet article ?

Mes pensées sont sans cesse parasitées par « Qu'est-ce que l'on va bien pouvoir manger ce soir ? » Ma belle-mère est assez exigeante en matière culinaire. Elle est bretonne et apprécie les bonnes choses faites maison qui tiennent bien au corps. Mon menu steak-pommes-de-terre-salade risque d'être un peu light pour elle. Il n'y a pourtant pas de quoi s'inquiéter puisque mon mari est censé tout gérer… Quoi ??? Mon mari gérer quelque chose ? On court droit à la catastrophe.

Je dois me consacrer au moment présent, zen, sophro, Caycedo, sophronisation, désophronisation... Et Audrey de débouler dans mon bureau.

— Tu sais quoi ?
— Oh non, pitié, je ne veux rien savoir et ne plus rien deviner pour la journée car j'ai eu ma dose aujourd'hui. En plus je n'avance pas sur mon article.
— Tant pis pour toi, tu ne sauras R I E N !

Elle pique ma curiosité la traîtresse avec ses mimiques et ses petits yeux coquins, néanmoins je n'arriverai pas à en savoir plus pour le moment.

La journée défile si vite que je piétine sur mon article. Il faut bien avouer qu'au final je n'ai effectivement pas fait grand-chose. Le plus difficile va désormais être de se déplacer du bureau à chez moi car je n'ai envie de rien si ce n'est de rester clouée sur ma chaise. J'ai tellement peur de ce que je vais trouver en rentrant à la maison. Le pire, c'est Gaby, dans quel état vais-je la trouver ? Elle vit seule depuis des décennies, ne pense qu'à sa petite personne, a un superbe appartement à Saint-Malo avec vue sur mer. Que vient-elle faire à Paris ? Que cherche-t-elle soudainement ? Il ne va pas falloir que je m'énerve, ce qui est quasiment mission impossible.

À cette heure-ci je vais certainement être dans les embouteillages et pouvoir me détendre en mettant à fond mes musiques « de vieille ». En même temps, quoi de mieux que du disco comme Cloclo, ou du U2 (que j'entendais à l'époque

« you too » en bon franglais) ? Le rap, très peu pour moi. Pourtant ma plus jeune fille adore, grâce à son maître ou plutôt professeur des écoles, qui ose leur faire écouter des chansons de Maître Gim's, Soprano ou autres. Je n'appelle pas cela de la musique. Ça va tellement vite que je ne comprends pas les paroles, c'est du charabia. Qu'est-ce que l'on peut rigoler lorsqu'on se fait des soirées karaoké ! Je n'arrive pas du tout à suivre et je ne chante que les refrains. Moquez-vous mais testez et vous m'en direz des nouvelles.

Il est sûr qu'en école privée je n'avais pas le même programme musical ! Messe obligatoire les mardis matin et prières quotidiennes ne reflétaient pas la même ambiance. Jupe plissée bleu marine, chemisier blanc sans oublier les socquettes, le programme était vraiment bien différent.

Après un bon moment passé dans ma voiture, j'arrive péniblement vers 20 heures 45 chez nous, dans le XIVe arrondissement de Paris, la boule au ventre.

Tout a l'air calme ce qui, mon sixième sens me l'indique, est très mauvais signe. Il ne faut pas être négative et aller de l'avant, surtout vivre le moment présent, merci la sophrologie. D'ailleurs je pense déjà à mon thème suivant : le yoga et la séance d'essai. Mais il en existe tellement de sortes que ça promet de bons et longs articles. Effectivement je crois qu'il existe neuf ou dix sortes de yoga et je dois absolument demander à Audrey de me réserver une séance pour débutante totale, mes muscles me remercieront. Quand on débute le sport, il ne faut jamais arrêter ou bien alors il ne faut jamais recommencer. Mes muscles vont se remettre à travailler ce qui leur fera le plus grand bien.

Ma belle-mère m'accueille la première, un peu bizarre : j'ai l'impression de ne pas rentrer chez moi. Où sont les enfants et mon mari ? Seul Donut vient me faire la fête avec de grosses léchouilles, je manque d'ailleurs tomber à la renverse.

— Bonjour Steph, pas trop fatiguée de ta journée ? Tu rentres tard.

Ça commence bien. Je prends cela comme une agression. Je vous explique : seuls mes amis ont le droit de m'appeler Steph et sa réflexion m'énerve car elle sous-entend que, pour une femme, je me dois d'être chez nous de bonne heure pour m'occuper de mes enfants et de ma maison. Je le sais, nous avons eu maintes conversations sur ce thème.

— Oui, journée parfaite, merci.

Inutile d'envenimer la situation dès le départ.

— On peut passer à table, on t'attendait. Les enfants ont fait leurs devoirs et se sont douchés.

Tous les enfants douchés, à cette heure-ci, et les devoirs faits ? Impossible ! Ou alors cela a été fait à la va-vite et il va falloir tout reprendre. Pitié, télétransportez-moi au bout du monde, sur une île déserte, tant pis pour Robinson ! Sans enfants, sans mari, sans personne. Juste le chien et des livres. Comme cela je pourrai me reposer et ne penser qu'à moi, rien qu'à moi. Quel joli programme. Malheureusement la réalité me rattrape bien vite car je suis dans ma maison face à Gaby qui attend que l'on dîne.

Il faut regarder le bon côté des choses : pour une fois je vais pouvoir me mettre directement les pieds sous la table, elle n'est pas belle la vie ? Après une journée harassante, c'est le bonheur, non ? Vous trouvez que j'exagère ? Si peu. En fait, vu tout ce que nous avons mangé ce midi, je n'ai vraiment pas faim. En Bretagne les plats ne sont pas super légers et je ne sais pas du tout ce qui a été préparé.

La bonne nouvelle est que ce soir je ne mets pas le lave-linge en route en arrivant. Je ne vais d'ailleurs même pas voir les bacs à linge qui débordent, sinon ça va me stresser. Si un bac est plein, il faut que je lance une machine sans attendre. Personne ne me comprend mais l'accumulation me fait littéralement souffrir. C'est comme un TOC. Et si je suis absente, même quand je prépare la lingette anti-décoloration, le linge et la lessive, personne n'aura l'idée de la mettre en route, sans parler de l'étendre.

Peut-être que j'exagère et que je couve trop mes enfants. Dans ce cas, demandez autour de vous si c'est mieux. Moi j'ai appris à repasser dès l'âge de six ans sur une mini-table à repasser avec un vrai mini-fer et non un jouet comme ceux que l'on voit aujourd'hui. J'adorais m'occuper des serviettes et des mouchoirs. Mais aujourd'hui les mouchoirs sont en papier et les enfants ne repassent plus.

Je reviens à la réalité et à Gaby. D'après mes calculs, entre les trains toujours en retard et les embouteillages sur la route, elle a dû arriver peu de temps avant moi. Même si la gare Montparnasse n'est pas très loin de chez nous, elle n'a pas pu contribuer à grand-chose. Nous avons beaucoup de gares à Paris et bizarrement il a fallu qu'on habite à côté de celle qui relie la capitale à la Bretagne.

Mon mari se serait-il transformé en Shiva avec ses quatre bras ?

6- Gaby, oh Gaby

Je fonce embrasser les enfants et me rafraîchir vite fait avant de passer à table.

Bingo, je découvre le pot aux roses ! Le repas va être au top, vu que mon mari est passé chez le traiteur pour les adultes et chez Mc Do pour les enfants. La facilité en somme et du pas, mais pas du tout équilibré pour les plus jeunes. Au moins nous aurons la tranquillité.

Qu'a-t-il bien pu prendre pour les grands ? J'ai hâte et en même temps je serais bien partie en mode « petite souris » dans ma chambre histoire de décompresser.

L'entrée arrive, avec du saumon à l'aneth, bien éloigné d'un menu breton.

Je manque éclater de rire en voyant mon mari avec son tablier sur lequel est écrit : « C'est moi le chef ce soir ». Encore eut-il fallu qu'il jette les emballages du traiteur discrètement pour se dire « chef ».

— Puis-je vous proposer un petit verre de vin blanc ?
Pardon ? Qui me parle ?

Mon mari, en plus de faire semblant de cuisiner, fait également office de sommelier.

Je réfrène un fou rire mais en même temps cela se révèle assez triste car les autres jours de l'année il n'en fait pas le quart. Sauf quand « maman » débarque : alors, monsieur se bouge les fesses. C'est risible et pitoyable à la fois. On entendrait une mouche voler, les enfants sont hyper calmes et à fond dans leurs burgers ou nuggets/frites/coca. Ils ont dû recevoir quelques cadeaux de mamie et cela laisse présager une soirée au sommet pour les adultes.

À ce moment-là, je prendrais bien la place de mes enfants. D'abord, parce que je sais ce qui m'attend, ensuite parce que… eh bien oui, je confesse : un Mc Do de temps en temps, je ne dis pas non.

— Il commence à être tard, au lit, les enfants !

— Mais non, Steph, c'est la fête ce soir, on a le temps.

— Il y a école demain.

— Oh, maman ! s'écrient-ils tous ensemble.

Voilà, je passe encore et toujours pour la méchante de service.

— Alors, Gaby, qu'est-ce qui vous amène à Paris ?

— J'avais envie de vous voir, mes amours.

— Comme ça, subitement ?

Je perçois le regard noir de mon mari. Pourtant j'ai à peine touché à mon verre de blanc, on ne peut pas mettre cela sur le compte de l'alcool. La fatigue peut-être.

— Je m'ennuyais de vous.

Que répondre à cela ? Pourvu qu'elle ne nous annonce pas une grave maladie et qu'elle doive absolument se faire soigner dans l'un des hôpitaux parisiens. J'imagine toujours le pire, moi, j'aurais pu faire une carrière de dramaturge.

— Et à part ça ?
— Jean est mort.

Regards croisés avec mon mari. Nous devons avoir une mémoire de poisson rouge.

Qui est Jean ? Son amoureux ? Il ne me semble pas qu'elle en avait un vu son caractère.

J'imagine que vous allez mal me juger mais depuis son divorce (qui a été sanglant et duré des années), elle souhaite rester seule jusqu'à ce que mort s'ensuive. J'essaie à tout hasard…

— Pauvre Jean…
— Mais maman, c'est le chat de Nanou !

Ouf, ma cadette est venue à notre rescousse.

En fait, si je résume la situation, Jean son chat est mort et ma belle-mère vient s'installer chez nous. Je ne comprends pas vraiment la logique sur le moment.

— Je suis triste et je ne sais pas quoi faire pour m'occuper.

Mais P… de C… de P... de M… (ni les enfants ni les adultes ne doivent entendre le vocabulaire de la voix qui s'exprime dans ma tête). Je pourrais peut-être lui proposer gentiment d'aller chez le psy, sauf que je pense que Thomas le prendrait très mal. Dans sa famille on ne consulte pas ces thérapeutes, ça fait mauvais genre. On encaisse jusqu'à exploser en vol. Et qui récupère les morceaux cassés ensuite ? C'est bibi.

— On passe au plat ?

— « P L A T ? »

Plat ventre ? Ventre à terre ? Terre de… STOP !

Franchement, pour ma part, j'ai l'appétit bien coupé avec tout ça.

Par contre ma belle-mère, elle, a l'air très en forme et plus du tout affectée par la mort de son chat. Donc, après le saumon, Thomas a prévu quoi ?

Carrément des langoustines, on se croirait à Noël !

Allons-nous avoir une bûche pour le dessert ou une omelette norvégienne dont je ne suis pas fan ? Moi je préfère le chocolat, excellent antidépresseur comme on le mentionne souvent, notamment le chocolat noir. Hum… je rêve d'un petit carré de chocolat. J'adorais en prendre avec un bon café ou un bon thé. J'ai arrêté, parce que les carrés vont toujours par deux pour ma part, voire le carré appelle la tablette entière. Dévastateur…

7- Les dents, pipi et au lit !

Je décide de reprendre un verre même si ce n'est pas forcément l'idée du siècle. Ajouté aux restes du déjeuner, je risque de me retrouver vite pompette, je sens que je ne vais plus me contrôler et dire des choses que je regretterai forcément après. Mais sur le moment je ne vois pas d'autre solution, les enfants étant toujours au sommet de leur excitation.

Bien que j'adore les langoustines, celles-ci ont du mal à passer. Nous ne sommes absolument pas dans une ambiance de fête, loin de là.

Le dessert arrive vite, mon mari a pris un de mes gâteaux préférés : une tarte citron meringuée. Pas hyper light pour un soir, mon taux de cholestérol a déjà complétement explosé en cette journée. Il faudra que je fasse du sport et énormément de séances de yoga. D'ailleurs, perd-on beaucoup de calories en pratiquant cette activité ? Aucune idée.

— Au lit, les enfants !

De quoi se mêle Gaby ? Elle se croit déjà chez elle ? Je pense que je ne vais pas du tout supporter cette situation qui, visiblement, risque de perdurer vu les quelques paroles échangées.

Je reprends immédiatement le contrôle de la situation.

— Allez, les enfants, on se brosse les dents, pipi et au lit, il y a école demain.

— Yes, mam's !

Comme tous les soirs je prends le temps de faire un câlin à ma cadette, sans notre rituel de lecture vu l'heure tardive. J'en profite, je sais que ce ne sera bientôt plus mon « bébé ». Il va de nouveau falloir affronter l'adolescence. D'ailleurs, à quel âge deviennent-ils adultes de nos jours ?

Pour ma part je suis convaincue qu'il faut remettre la majorité à vingt-et-un an : les jeunes n'ont plus du tout envie de partir de chez leurs parents. Les enfants-rois ont tout à la maison, sont fatigués au moindre effort, constamment allongés sur leur lit avec leur portable ou leur tablette. À quoi bon la majorité à dix-huit ans, voire même à seize ans selon certains partis politiques qui militent régulièrement en ce sens pour tenter de récupérer des voix ?

Ma fille s'endort instantanément et j'en profite pour filer dans la salle de bain puis dans ma chambre.

Thomas doit refaire le monde avec sa mère dans le salon et je n'ai pas du tout envie de participer à la discussion.

Je prends quand même un livre (*Vise la lune et au-delà* de Marilyse Trécourt), auteure que j'ai rencontrée lors d'un salon du livre à Paris et avec qui j'ai longuement échangé. La lecture est passionnante mais vue ma journée épuisante je sens mes yeux se fermer et j'éteins la lumière avant de tomber dans un profond sommeil.

Ce qui me semble juste quelques heures plus tard, je suis réveillée brutalement par un ensemble de sonneries, de réveils et de fortes musiques, ça chante, je sens la migraine monter dès le matin. Cela ne présage rien de bon.

J'entends du Michel Sardou, chanteur que je n'apprécie guère, à chacun ses mauvais goûts.

En sortant de ma chambre j'éclate de rire car mes ados entament une chorégraphie orchestrée par leur grand-mère.

Si elle savait qu'ils n'aiment que le rap !

— Je m'occupe de tout ! s'écrie-t-elle.

En même temps, quand on voit l'âge de nos enfants, ils se débrouillent seuls en général ou alors il faut juste vérifier deux ou trois choses. Notamment s'organiser pour récupérer la plus jeune à l'école. Mais je présume que Gaby va s'occuper de cela également…

Le petit déjeuner est prêt. J'avale une tranche de pain et embarque mon thé pour aller me préparer dans la salle de bain. Comme vous le savez déjà, je ne supporte pas de boire mon thé chaud, donc il aura le temps de refroidir le temps que je me douche et que je choisisse ma tenue du jour.

D'ailleurs, quel temps fait-il aujourd'hui ?

Pas le temps de réfléchir, j'enfile ce qui me tombe sous la main, à savoir une petite robe noire, tenue basique, simple et efficace. Je me chausse de ballerines car je ne tiens pas sur des talons-aiguilles.

Pour une fois je prends le parti de ne pas m'occuper des tenues des enfants, chose que je regretterai une heure plus tard, lorsque le lycée m'appellera pour m'informer que ma fille est arrivée en cours avec un jean troué, tenue formellement interdite dans son établissement. À ce moment-là je la menacerai de la mettre en école privée, mais le privé d'aujourd'hui n'est plus le privé d'hier. Elle ne manquera pas de me le rappeler. Notre échange passionnant sera le suivant :

— Trop naze de ne pas pouvoir s'habiller comme on veut, c'est une atteinte à la liberté !

— Tu y vas un peu fort là, ma chérie.

— Oh, tu ne vas pas me ressortir ton vieux couplet sur ta petite tenue bleu marine et blanche, maman, c'est bon.

— Et ma veste de combat bordeaux ?

— Waouhhh, ma maman a bravé l'autorité en venant au collège avec une veste de combat de couleur bordeaux. Mais tu n'avais pas lu le règlement ?

— Arrête cela tout de suite s'il te plaît.

— On veut être libre, nous.

— Et s'habiller avec un jean à trous, c'est ton idée de la liberté ?

Pour la petite anecdote j'ai manqué jeter le jean en question en le sortant de la machine à laver car je croyais qu'il était abîmé. J'ai vite été rappelée à l'ordre. Difficile d'admettre qu'aujourd'hui on puisse payer pour des trous ! Dans quel monde vivons-nous ? Et ils sont souvent plus chers que des jeans normaux, cherchez l'erreur.

— Clémentine, tu rentres de suite à la maison et tu te changes.

— J'ai compris, de toute façon je ne peux pas y retourner avant cet après-midi dixit le proviseur.

— Tu vas faire quoi ?

— C'est bon, laisse-moi vivre.

— Tu arrêtes de me parler sur ce ton sinon…

— Sinon quoi, ma chère mère ?

— Je n'aime pas cette insolence.

— Je vais aller discuter avec Nanou, au moins elle, elle nous comprend.

Et ma fille me raccroche au nez.

8- Namaste !

À peine arrivée au bureau, Audrey me tombe dessus.

— C'est le grand jour !

— Le grand jour de quoi ?

— J'en étais certaine. Tu as oublié !

— Mais, oublié quoi ?

— Oh, oh, oh, madame est de mauvaise humeur, elle a dû passer une sale soirée avec belle-maman Gaby.

— Audrey, arrête s'il te plaît, je n'ai pas la tête aux devinettes.

— Ton cours de yoga.

— Quoi ? Oh non, tu as vu ma tenue, ça ne va pas le faire du tout ! De plus je n'ai toujours pas terminé mon article sur la sophrologie, je vais tout mélanger. Je t'avais demandé d'en programmer un mais pas tout de suite.

— Effectivement il n'est pas recommandé de faire du yoga en robe… quoique si tu as de jolis sous-vêtements, ça pourrait le faire. Ne t'inquiète pas yoga et sophrologie sont deux techniques totalement différentes, ton petit cerveau ne va rien mélanger du tout. Et puis moi, j'anticipe, comme tu me l'as demandé.

— Arrête, tu n'es même pas drôle. Je suis crevée.

— Justement, ça va te détendre.

— Tu peux reporter s'il te plaît ma petite Audrey chérie que j'aime très fort ?

— Ah non, madame. J'ai tout prévu. Tu y vas.

Et voilà qu'elle me sort une tenue de yoga avec un joli tapis et un magnifique sac pour le transporter.

— Tu vas tester le Hatha Yoga pour démarrer, petite séance de groupe histoire de ne pas te sentir seule.

— Tu viens avec moi ?

— Je dois garder la boutique mais on déjeune ensemble histoire que tu me racontes ta folle soirée.

— Très drôle.

— Bon, c'est où et à quelle heure ?

— Un chauffeur passe te prendre dans 15 minutes.

— Trop de chance, juste le temps de boire un café. Au fait, ça consiste en quoi le Hatha Yoga ?

— C'est soft, rassure-toi. Je t'ai préparé un petit topo sur la dizaine de yogas en vogue actuellement, tu pourras le parcourir dans la voiture avant d'arriver.

— Mademoiselle est trop bonne.

— Non, mademoiselle fait juste son boulot, me dit-elle en me tirant la langue.

Le chauffeur arrive, je prends mes affaires, et profite du trajet pour potasser les différents yogas. Je ne savais même pas qu'il en existait autant de sortes à ce jour !

Nous nous rendons rapidement au pied d'un charmant immeuble et la professeure de yoga m'apparaît aussitôt fort sympathique. Je file me préparer dans un vestiaire pour rejoindre une petite dizaine de personnes, femmes et hommes de tous âges.

La séance commence et moi qui ne faisais plus de sport depuis un moment, je sens que mes muscles vont souffrir même si c'est censé être un yoga relativement soft. Par contre la sophrologie m'aide beaucoup au niveau de la respiration.

J'apprécie énormément les moments où nous sommes allongés (notamment la posture du cadavre) mais ensuite viennent les postures assises ou debout. Je sens que je vais avoir des courbatures demain car tous mes muscles tremblent et je me casse la figure régulièrement en rigolant. Heureusement que je retombe sur mon tapis qui est assez épais.

La yogi est particulièrement bienveillante. Le cours dure une heure et je me sens vraiment détendue et hors du monde, ce qui fait un bien fou. Audrey a eu raison de me forcer un peu la main, j'en conviens. Tous les élèves échangent entre eux, ils se connaissent bien et n'hésitent pas à me parler et à me donner des conseils.

La professeure de yoga me propose ensuite de discuter un peu pour enrichir mon article. Je suis venue avec ma liste de questions et finalement nous dévions en parlant un peu de tout.

Je rentre ensuite au bureau pour déjeuner avec Audrey.

— Namaste, m'accueille-t-elle en joignant les mains à hauteur de la poitrine.

— Très drôle !

— On déjeune où ?

— Une salade vite fait, ça te va ?

— Ça marche.

— Tu me raconteras tout.

Nous marchons jusqu'à une brasserie située pas trop loin du bureau.

— Tu as l'air zen, dis donc !

— Oui, ça fait un bien fou, je crois que je vais m'inscrire.

— Aux frais du magazine ?

— Tu as avalé un clown, toi, aujourd'hui. En même temps je ne saurais pas à quelle heure caser mon cours.

— Tu prends quelle salade ?

— J'ai envie de foie gras et de saumon donc allons-y pour la salade folle !

— Ok, deux folles !

Et nous partons dans un rire à gorge déployée. Qui sont les plus folles de nous ou des salades ?

— Si j'ai bien compris, tu fais tout pour éviter le sujet.

— Quel sujet ?

— Ta belle-mère !

— Honnêtement il ne s'est strictement rien passé hier. On a mangé et basta.

— À ce point ?

— Oui. Donc je m'attends au pire et je repousse l'échéance. Mais elle a laissé Clémentine partir avec un jean troué au lycée et on n'a pas manqué de m'appeler pour qu'elle retourne à la maison afin de s'habiller correctement. Je raccrochais tout juste avec le proviseur avant ma séance de yoga. Tu aurais entendu ma fille au téléphone ! Une vraie harpie. Moi, si j'avais parlé comme ça à mes parents, je ne te raconte pas comment cela se serait passé… Tu vas cesser de glousser comme ça, c'est énervant à la fin, je vais perdre tous les bienfaits de ma séance !

— Tu me fais rire. Gaby n'est là que depuis quelques heures et j'ai l'impression qu'un tsunami s'est déjà abattu sur votre foyer.

— Franchement, ça ne va pas le faire.

— Mais pourquoi est-elle venue ?

— Tu vas rire, enfin, façon de parler. Jean est mort.

— Oh, le pauvre.

— Tu sais qui c'est au moins ?

— Même pas.

— Donc tu te moques ?

— Je dédramatise.

— Jean c'était son chat.

— Ah, drôle de nom pour un chat.

— Effectivement.

— Quel est le rapport avec sa venue chez vous ?

— Elle s'ennuie.

— Si c'est le seul problème, reprends-lui un chat ou un chien.

— Oh, c'est une superbe idée ma poulette, je n'y aurais pas pensé ! On lui reprend un chat et retour direct en Bretagne.

— Enfin, à mon avis, ça ne va pas être si simple car elle me semble tordue ta belle-mère.

— C'est sûr qu'elle est tordue, il doit y avoir autre chose derrière tout ça à mon avis. Sur ce, nous allons débriefer sur ma séance de yoga car c'était vraiment bien.

— Tu vois, j'avais raison, sauf qu'il va falloir pratiquer régulièrement si tu veux en tirer les bénéfices sur le long terme, ma chérie.

— Briseuse de rêves !

9- La Bretagne, ça vous gagne… et puis ça vous gave

Lorsque je rentre chez moi, ce soir, j'ai l'impression de me retrouver en Bretagne.

Tout est décoré : des drapeaux bretons flottent dans le salon, je vois du blanc et du noir partout (malheureusement rien à voir avec le yin et le yang), des coiffes de bigoudènes, du cidre, des crêpes, des kouign-amann et j'en passe.

— Demat[11] Steph !

Oh non, voilà qu'elle me baragouine en breton avec les quelques mots qu'elle connaît.

— Kenavo[12] !

Désolée, je ne connais que ce mot ! Cela peut sembler de mauvais goût mais, à peine arrivée, elle commence déjà à pousser le bouchon un peu loin, la belle-mère.

---

[11] Demat : bonjour en breton

[12] Kenavo : au revoir en breton

— Alors, Gaby, la journée fut bonne ? On fête quelque chose ?

— Journée parfaite. J'avais envie de changer un peu la déco et de faire la fête.

— C'est très gentil mais lorsque les enfants ont école, il me semble que je vous ai déjà dit qu'ils doivent se coucher tôt. Et on fait la fête le week-end, enfin lorsque nous ne sommes pas tous épuisés.

Je commence d'ailleurs à penser des choses que je vais regretter lorsque Thomas déboule avec Donut qui, ni une, ni deux, se précipite sur la nourriture celte !

Quelle idée aussi de tout laisser à sa portée, mais cela me fait tellement rire. Quoique je me vois vite stoppée dans mon élan par les têtes dépitées de Gaby et de Thomas. Heureusement que nous avons pu arrêter le labrador affamé avant qu'il ne commette trop de dégâts et surtout qu'il ne se rende malade.

Au bruit, les enfants descendent les escaliers quatre à quatre et éclatent également de rire en voyant la tête du chien et les drapeaux bretons.

— Cool, on va boire du cidre !

— Baptiste, tu es mineur, je te rappelle.

— Mais, maman, c'est léger le cidre et c'est drôlement bon.

— Comment sais-tu que c'est bon ?

Gros blanc et regards en coin entre Baptiste et Gaby.

— Gaby, je vous rappelle que ce sont encore des enfants et qu'ils ne boivent pas d'alcool !

Evidemment Thomas s'empresse d'intervenir pour prendre la défense de sa mère, ce qui m'agace. Je pars m'allonger dans la chambre. À peine est-elle arrivée qu'elle se comporte comme chez elle et veut tout révolutionner. Cela ne va pas être possible.

On ne peut pas débarquer dans la vie de ses enfants et petit-enfants comme ça, mais pour qui se prend-elle ? À moins qu'elle ait vraiment quelque chose de grave à nous annoncer après la mort de Jean ? Une maladie ? Pas possible, je me vois déjà obligée de l'installer à la maison à vie.

Surtout, ne pas s'affoler, relire de toute urgence les *Quatre accords toltèques* et les appliquer. Où est mon livre d'ailleurs ? Sûrement sur ma table de chevet car il me quitte rarement et j'apprécie d'en consulter des passages de temps en temps.

1/ *Que votre parole soit impeccable* : pour le premier je crois que je suis déjà loin du compte.

2/ *N'en faites jamais une affaire personnelle* : désolée mais si, il s'agit d'une affaire personnelle et cela ne touche pas les voisins que je sache ? Sympa ce Don Miguel Ruiz, quelle idée de pondre un tel principe.

3/ *Ne faites aucune supposition* : celui que je cherchais, voilà, je ne dois rien supposer, tout arrivera bien assez vite.

4/ *Faites toujours de votre mieux* : là, je suis au taquet.

Soudain j'entends une cloche sonner, style la cloche qu'une vache porte autour de son cou mais en bien plus fort.

Mon livre à la main je descends les escaliers en hurlant :

— C'est quoi ce bazar ?

— Maman, c'est la cloche !

— La cloche ?

— Mais oui, chérie, regarde ce que nous avons installé avec mamie… Tadam, la cloche du Belem !

La cloche du Belem… Je connais bien évidemment le bateau mais alors la cloche ce doit être moi et nous sommes deux.

— C'est une jolie décoration murale et très utile pour passer à table, plus besoin de s'égosiller.

Mais si je veux m'égosiller dans ma maison, c'est mon problème et pas le sien. Depuis quand s'occupe-t-elle de la décoration ici et sans me le dire en plus ?

— On mange ?

— Oui, les enfants, je vous ai préparé de bonnes choses.

Effectivement je crois qu'au niveau des calories on doit avoir atteint le maximum mais encore une fois, je n'ai plus faim. Pratique pour maigrir une belle-mère à la maison.

— Je vous sers du cidre ?
— C'est du brut ?
— Ah non, c'est du bon cidre fermier.
— Je n'aime pas, Gaby, désolée.
— Vous allez bien faire un effort.

Mais elle croit peut-être que je n'ai pas déjà assez fait d'efforts depuis l'annonce de son arrivée ! Thomas me sert un fond de verre, enfin un fond de bolée puisque le cidre se boit dans des tasses spécifiques, n'est-ce pas ? C'est pour moi le mal de crâne assuré et mes intestins ne vont pas apprécier en plus, double peine.

— Alors, en entrée, je vous ai fait des crêpes.
— Et en plat aussi !
— C'est ça et kouign-amann pommes-pruneaux en dessert.
— WW[13] ne va pas apprécier.
— Qui ça ?
— C'est une blague maman.
— Ah d'accord, je ne connais pas cette personne.

Difficile de garder son calme lorsqu'elle commence à nous parler des vacances de la Toussaint qui approchent à grands pas. Ce n'est pas un scoop, je pense connaître par cœur le calendrier des vacances scolaires. Pour ma part j'ai beaucoup trop de travail à cette époque et je ne peux pas me

---

[13] WW : Weight Watchers est le 1er programme de perte de poids recommandé par les médecins.

permettre de m'absenter. Je préfère me garder une semaine au jour de l'an pour partir, au soleil, si possible.

— J'ai pensé que nous pourrions faire une croisière.

Silence total autour de la table, tout le monde semble figé avec son bout de crêpe dans la bouche. Moi j'avale le verre de cidre et m'en ressers un autre pour faire passer l'information.

— Très sympa ce dîner Gaby mais, comme je vous l'ai dit, il y a école demain et nous sommes tous fatigués.

— Et le kouign-amann ?

J'ai très envie de lui répondre que son dessert et sa croisière elle peut se les mettre là où je pense mais je me souviens subitement du premier accord toltèque.

— Il sera parfait pour le petit déjeuner. Sur ce, tout le monde débarrasse son assiette et au lit.

10- Est-ce que tu viens pour les vacances ?

Thomas ne met pas longtemps à me rejoindre dans la chambre.

— Ça sort d'où cette idée de croisière ?

— C'est une bonne idée, tu ne trouves pas ?

— Chéri, tu détestes les croisières.

— On peut changer d'avis et puis…

— *Ça ferait tellement plaisir à maman chérie…*

— Steph, les enfants vont adorer.

— Stop, je ne veux plus en entendre parler, bonne nuit.

Il faut absolument que je me trouve un endroit à moi, genre une retraite de yoga à Bali ou n'importe où. D'ailleurs ça colle parfaitement avec mes articles actuels. J'imagine tellement peu notre famille en croisière que je ne peux m'empêcher de rire sous cape. Mais je ris jaune et le cidre commence à me donner mal à la tête. Je me relève pour prendre un comprimé de paracétamol et croise les enfants qui ne sont pas encore couchés.

— C'est une super idée, maman !

— De quoi ?

— La croisière !

— Pour ma part ce n'est pas la période idéale pour partir en vacances, désolée. J'ai beaucoup de travail au magazine.

— Oh, Steph, vous pourriez faire un petit effort, on ferait l'Italie, la Grèce, une sorte de circuit, de beaux pays où il fait chaud, contre belle-maman tout sourire.

Elle commence sérieusement à me gonfler et toute la famille aussi. On vivait très bien avant son arrivée et maintenant qu'elle est chez nous il faut se plier à tous ses desiderata.

— Et que fait-on de Donut ?

Silence de mort. J'ai frappé fort et j'en suis très contente.

— Ah oui, effectivement, dit d'un air mollasson Thomas qui vient de nous rejoindre.

— Au chenil !

— Oh non, mamie, il va déprimer.

— Je le garde, les enfants et vous partez avec papa et mamie.

— Sans toi ?

— Franchement je ne vois pas d'autre solution puisque votre grand-mère veut partir en croisière.

— Ce n'est pas très gentil de votre part, Steph.

— Excusez-moi mais nous sommes une grande famille et cela nécessite un minimum d'organisation. On ne fait pas tout et n'importe quoi sur un coup de tête.

— C'est bien, parfois, les coups de tête, me répond Gaby du tac au tac.

— Et vous en avez eu souvent des coups de tête ? Non, je ne crois pas. Alors, avant de sortir la première idée qui vous vient, vous nous en parlez à nous, adultes. Inutile de faire baver les enfants si la croisière ne se fait pas ensuite.

— Oh, je croyais bien faire, ça vous changerait de la Bretagne ou de la Normandie.

— Bon, on en reparle demain, dit Thomas.

— Moi, je peux garder Donut !

— Mais, Clémentine ?

— J'ai des devoirs, tu sais.

Je file dans la chambre, je suis tellement sur les nerfs que j'ai bien peur de ne plus être maîtresse de moi.

— Tu interviens dans le bon sens, c'est-à-dire dans le mien ! Ou ta mère repart direct en Bretagne et je paye le billet retour.

La situation ne peut vraiment plus durer et je ne connais toujours pas la raison exacte de son débarquement chez nous. Jamais Gaby ne serait venue juste pour le plaisir de nous voir. Pour satisfaire ce plaisir-là, elle attend que l'on vienne visiter la reine mère. Et me parler de la Normandie où mes parents ont une superbe résidence secondaire est bien petit, je trouve.

Bien sûr Thomas ne s'est posé aucune question et, même s'il l'a fait, cela ne change pas grand-chose.

Ah les hommes et leur maman ! Je sature, heureusement que je n'ai qu'un seul garçon.

J'entends Gaby hurler :

— Thomas, tu ne vas pas laisser ta femme décider des vacances ? D'ailleurs elle décide de beaucoup de choses.

Je fulmine et manque bondir en entendant ces mots. Thomas me rattrape de justesse.

— Écoute, maman, ce n'est pas si simple, tu débarques sans crier gare et tu veux régenter nos vies, cela risque d'être compliqué.

— Je comprends, je suis de trop. Je vais retourner en Bretagne.

— Ce n'est pas ce que j'ai dit.

— C'est ce que j'ai compris.

— Bon, écoute, on ne va pas se prendre la tête pour des vacances. Il est tard, on va se coucher et on en reparle demain à tête reposée.

Thomas me rejoint rapidement, l'air penaud.

— Je suis désolé pour ma mère, j'ai mis les choses au point.

J'avoue être estomaquée, lui qui ne prend jamais de décision, surtout en ce qui concerne sa mère, a effectivement réagi. C'est probablement l'effet du cidre…

11- Demain sera un autre jour

— Thomas…

— Hum…

— Donut.

— Miam.

— Pipi.

— Oh…

— Si, si, allez, debout.

— Je suis bien ici.

— S'il fait ses besoins à l'intérieur je ne ramasse rien.

— Excellent argument… Je suis le mari idéal, j'y vais de ce pas.

Pendant que Thomas part promener le chien, je jette un rapide coup d'œil sur les réseaux sociaux et je vois sur Insta ma Clémentine qui a posté un truc du genre « Loup, t'es reloup, la belle doche, ta grand-mê, tu fais iech, t'es reloup, la Bretagne, ça te gagne mais ça nous gave ».

C'est vrai que pour le moment elle ambitionne de devenir chanteuse de rap. Il y a de l'idée…

Heureusement que sa grand-mère ne tombera jamais là-dessus : elle a déjà du mal à se servir de son smartphone et ne connait pas les réseaux sociaux. Pour elle rien de mieux que le réel. J'aurais préféré la voir en virtuel.

Ensuite, j'éteins tout ce qui a des ondes et tente une petite séance de méditation avec Morphée le fabuleux petit appareil d'une enseigne bien connue. Il y a jusqu'à deux-cent-dix séances possibles de huit ou vingt minutes, sans ondes et transportable partout.

Je choisis une séance « sommeil » pour tenter de bien dormir après cette soirée catastrophique.

Le lendemain, personne ne croise Gaby. Peut-être fait-elle la grève, mais la grève de quoi au juste ?

Je laisse Thomas gérer. J'ai bien d'autres choses à faire et, pour le moment, elle se révèle plus un boulet qu'une aide. C'est bien dommage et peu favorable à une cohabitation.

Evidemment ma tête de déterrée n'échappe pas à Audrey.

— Gaby a encore frappé ?

— Oh, je ne te raconte même pas sa dernière lubie : une croisière à la Toussaint.

— Ah, sympa, mais Thomas va détester !

— Tu rigoles, je me demande même s'il n'en est pas l'instigateur.

— Oh le f… .

— Je t'en prie, lâche-toi, tu as carrément raison, c'est un faux-cul avec sa mère.

— Et toi, du coup, t'es énervée ?

— Tu me connais.

— Voilà ce qui explique l'orage d'aujourd'hui.

— Très drôle, Audrey.

— Il va falloir faire quelque chose.

— Oui, je lui ai dit ses quatre vérités et regarde ce que Clem a posté sur Insta.

— Sympa, au moins tu as une alliée.

— J'ai aussi Donut, il faut que quelqu'un le garde et je me suis proposée. Mais tout cela va mal se terminer si elle commence à régenter nos vies.

— Renvoie-là en Bretagne.

— C'est exactement ce que j'ai proposé et depuis on ne la voit plus, elle se cache.

— Je ne suis pas près de me marier quand je vois ça… Une belle-doche comme la tienne, ce n'est pas envisageable.

— Tu sais, il y en a de très bien, il faut juste tomber dessus. Ou alors tu choisis un vieux, le problème sera réglé vu que ses parents seront décédés.

— Tu me fais trop rire.

— Je ris jaune, moi, en attendant. OK. Clem n'a pas envie de partir en croisière, logique pour une ado, mais pour les autres, faut-il les priver de vacances ?

— Vous n'aviez rien prévu, laisse tomber. Va leur dire un truc pareil maintenant qu'elle leur a donné l'idée !

— Eh non, je ne sais pas et je crois que je ne veux pas d'enfants non plus.

— Arrête un peu Audrey, tu ne vas pas finir vieille fille avec trois chats quand même !

— Je ne vais pas me taper les litières à nettoyer, t'es folle, toi ! Je te garde Donut.

— Traître, tu oublieras de le sortir et de lui donner à manger.

— Pas faux.

— Donc c'est réglé, pas de croisière.

— Ça m'étonnerait que ta Gaby lâche l'affaire aussi vite.

— Ce n'est pas MA Gaby, s'il te plaît.

— Oui, enfin c'est la mère de ton mari, hein.

— Je divorce.

— La bonne idée que voilà.

— Mais oui, j'ai trouvé LA solution.

— Purée, on rigole mais ce n'est pas drôle du tout pour toi, ma pauvre.

Effectivement elle a frappé fort, Clémentine, Donut et moi allons faire de la résistance.

— Tu as fini ton article, Steph ?

— Quel article ?

— La sophro.

— Je file l'écrire.

La Sophrologie, la science d'aujourd'hui

Dans notre monde actuel force est de constater que nous sommes de plus en plus stressés, que ce soit au travail ou à la maison. Au lieu de prendre des antidépresseurs nous pouvons avoir recours à une technique relativement simple née dans les années 1960 grâce à Alfonso Caycedo, neuropsychiatre espagnol d'origine colombienne.

En grec « Sos » signifie équilibre, « Phren » conscience et « Logos » étude : la sophrologie désignerait donc l'étude de la conscience en équilibre.

Elle peut être utilisée par les enfants, les adolescents, les adultes, les seniors et peut agir sur le sommeil, sur le stress et même durant la grossesse. Il n'y a pas de contre-indication.

Les séances sont proposées individuellement ou en groupe. J'ai d'ailleurs testé pour vous. Au début cela est assez déconcertant car il faut être debout et moi je pensais m'allonger pour me détendre. Mais que nenni ! Nous ne sommes pas là pour dormir ! Donc on reste bien ancré sur ses jambes et on exécute ce que nous indique la douce voix de la sophrologue, notamment les inspirations et les expirations. Ensuite, la professeure nous demande de nous asseoir sur des chaises tellement dures qu'il sera impossible de s'endormir. Certains ont des plaids car il paraît que le corps se refroidit lors de la séance. Puis il faut écouter et tenter de faire ce qu'elle nous dit.

A un moment j'ai l'impression d'être tombé dans une secte car cela peut sembler surprenant lorsque l'on me demande de m'imaginer dans un endroit où je me sens bien et de voir les couleurs. Tout cela en inspirant et expirant. Difficile de tout coordonner. Et si je n'arrive pas à trouver de lieu cela devient vite compliqué. Je rouvre les yeux pour voir ce qu'il se passe autour de moi. Les autres participants semblent tous bien concentrés sauf moi. L'enseignante me fait un clin d'œil. Je cherche et j'ai du mal à trouver. Puis j'enchaîne sur un autre exercice.

La séance peut paraître longue pour les débutants. Elle dure environ trois quarts d'heure et l'on passe ensuite à la phase de désophronisation, c'est un debriefing en fait. Tout le monde dit ce qu'il a vu et ressenti. Et là c'est assez formidable car certains se sont endormis, d'autres ont vu des couleurs, sont partis ailleurs. Et moi, qu'ai-je ressenti ? À vrai dire, lors de la première séance, pas grand-chose. Je n'ai pas vu de couleur du tout, j'ai eu du mal à me concentrer et j'ai souffert du dos à cause des chaises. Il paraît que cela ira mieux au fil du temps.

Par conséquent je retente plusieurs séances et je suis moi-même étonnée des bienfaits que l'on ressent. Après trois ou quatre fois je trouve facilement le lieu pour me ressourcer. Je m'imagine sur une immense plage de sable fin, j'entends les vagues, je vois l'eau qui est d'un bleu turquoise.

Je vous laisse vous faire votre propre avis et vous retrouve très bientôt pour un article sur le yoga.

12- La malade imaginaire

Mon portable retentit alors que j'essaye de revivre mon expérience en sophrologie.

Il n'est que 16 heures et c'est Clémentine… Comme toute maman je m'inquiète facilement lorsque mes enfants ou les écoles appellent.

— Oui, Clem, que se passe-t-il ?

— C'est mamie, elle a fait ses bagages et attend le taxi. Elle n'arrête pas de répéter que son train entre bientôt en gare.

— Ton père le sait ?

— Je ne crois pas, non.

— OK, je l'appelle et je reviens vers toi. Si le taxi arrive, trouve une excuse pour le retarder ou carrément l'annuler. Bisous ma grande.

Je m'empresse d'appeler Thomas.

— Tom, tu es au courant pour ta mère ?

— Je capte mal, chérie, je suis sur un chantier.

— Il y a urgence mon chéri. Ta mère a fait ses valises et attend un taxi pour prendre un train.

— Oh, purée, elle aura tout fait. D'accord, je gère.

Bizarrement la communication se rétablit aussitôt.

Je recontacte Clem.

— Mamie est au téléphone avec papa. Elle pleure. Le taxi est parti, furax, j'ai dû payer le déplacement.

— OK, OK, je te rembourserai, merci ma puce. Qui récupère Charlotte ?

— C'est moi, j'y vais pour 17 heures 45.

— Parfait, à ce soir, je fais vite.

— Bisous mam's.

Ce n'est pas vrai, elle va tout nous faire cette grand-mère !

Audrey pointe le bout de son nez et je lui explique la situation.

— Oh, ma pauvre, tu n'avais pas besoin de tout ça en plus de ce que tu avais déjà à gérer, la loose. Tu devrais peut-être contacter le médecin traitant de Gaby, elle vous cache sûrement des choses ?

— Tu crois qu'elle serait malade ? Bizarre, je n'en ai pas l'impression. Ça pourrait être une piste, mais tu connais le milieu médical ! Il faudrait que ce soit son fils qui appelle car je ne suis qu'une pièce rapportée. Et il ne le fera pas.

— Tu es mon ange gardien, Audrey. Merci beaucoup. Je file et on voit ça demain à tête reposée. Bisous.

— Bisous Steph.

Lorsque je rentre à la maison les affaires de Gaby se trouvent toujours dans l'entrée.

Les enfants font une drôle de tête.

— Que se passe-t-il ?
— Le docteur est là.
— Pour qui ?
— Pour mamie.
— Ah bon ? Je vais aller voir.
— Non, papa est avec et il a dit de ne pas les déranger.
— D'accord.

J'envoie un SMS à Audrey : « Le docteur est au chevet de Gaby, peut-être allons-nous gagner une étape ».

Smiley clin d'œil en retour.

Le médecin arrive suivi de Thomas, je le connais depuis plus de quinze ans, depuis la naissance de Clem. Il fait un peu partie de la famille.

— Bonsoir, Stéphanie.
— Bonsoir, docteur.
— Vu la situation je me suis déplacé en urgence. Pour le moment j'ai donné des calmants à Gaby qui était très agitée. J'ai pu contacter son médecin traitant qui m'a confirmé qu'elle souffre depuis plusieurs mois d'une dépression. C'est assez courant pour les personnes âgées qui ont tendance à s'ennuyer. Il lui a conseillé de changer d'air et de tout vous expliquer, visiblement elle n'en a fait qu'à sa tête. Elle est sous antidépresseurs depuis plusieurs mois. Voilà.
— Merci docteur.

— J'ai renouvelé son traitement, je sais que ça ne va pas être simple à gérer pour vous.

— Effectivement…

— Au revoir.

— Merci, au revoir docteur.

Je regarde Thomas qui est pâle comme un linge, complètement éteint. On a l'impression que le ciel lui tombe sur la tête.

Dépression ou malade imaginaire, allez savoir !

— Je vais remonter les valises de maman.

— Oui, mon chéri. Je vérifie les devoirs et on mange un petit quelque chose.

Je renvoie un SMS à Audrey : « C'est la merde, Gaby est en dépression depuis plusieurs mois ».

Sa réponse ne se fait pas attendre : « Dépression ou malade imaginaire ? »

Bingo ! Nous sommes vraiment sur la même longueur d'onde. Du coup je pense que nous n'allons pas pouvoir échapper à la croisière car il va falloir que madame Gaby se change les idées, c'est le docteur qui l'a dit.

Il aurait été si simple de nous dire la vérité !

Peut-être un nouveau sujet à explorer au sein de mon magazine car il est vrai que, de nos jours, la dépression touche de plus en plus de monde. En ce qui concerne les personnes âgées c'est assez spécifique en plus, je pense, surtout lorsqu'elles vivent seules et n'ont pas d'amis ni d'activités. Se renfermer sur soi n'est pas une bonne chose, mais on ne peut pas changer le caractère des gens.

13- Et une croisière, une !

Force est maintenant de constater que le sujet de la croisière est inévitable et que je vais devoir me coltiner les démarches. Je n'ai aucune envie de me retrouver sur un paquebot immense avec des gamins qui courent, sautent et hurlent de partout, des queues épouvantables pour manger, des cabines minuscules… et surtout comment va-t-on se répartir les cabines ?

Je vais déjà commencer par voir ce qui est disponible pour la Toussaint et m'occuper aussi du chien.

Clem ne veut pas venir et campe sur ses positions. Elle n'a que quinze ans il est donc hors de question de la laisser seule. Surtout qu'elle ne sortira même pas Donut, ne fera aucune machine pour ses vêtements et laissera la vaisselle sale s'entasser dans l'évier. Alors que nous avons un lave-vaisselle mais personne ne veut s'en occuper une fois qu'il a tourné. Je me souviens avoir un jour demandé à mes enfants de le vider et ils m'ont répondu très sérieusement : « On ne l'a pas mis en route, ce n'est pas à nous de le faire ». Quel toupet ! Dorénavant je le mets en route et je colle une feuille dessus en écrivant « à vider, merci ».

Il faut que je trouve les arguments pour convaincre mon aînée. Nous allons nous acheter de belles robes pour dîner à la table du capitaine, elle va pouvoir se faire de nouveaux amis, profiter des piscines, des discothèques et surtout, avoir la WI-FI. Pour moi, croisière rime avec Love Boat, bref, la série que je regardais lorsque j'étais jeune. À la télévision cela donnait envie. Une fois sur place je me demande comment cela se déroulera ?

Thomas ne supporte pas la promiscuité. Mais puisque c'est pour la santé de sa mère, il fera un effort. Est-ce que je peux pousser le bouchon jusqu'à leur réserver une chambre pour tous les deux ?

Non, je ne suis absolument pas comme cela, quoi que…

Où veut-il que l'on parte déjà ? En Italie, je crois. Au fait, quelle est la météo à cette époque ? Visiblement, plus qu'incertaine, c'est bien ma veine. Du coup les escales représenteront de quoi s'échapper (ou pas) du bateau en fonction du temps.

Charlotte sera ravie vu le nombre de piscines. Au moins un point positif.

Pour Donut j'ai ma petite idée car il me semble qu'un copain de Clem se fait de l'argent de poche comme dog-sitter, il faudrait que je lui en touche deux mots.

A priori les places se remplissent vite malgré les tarifs exorbitants. C'est fou ce que les croisières peuvent attirer comme monde !

Et dire que Thomas et moi avions toujours dit « jamais » !

Nous sommes désormais dans une situation délicate. Bien sûr il faut relativiser car dans la vie il y a toujours pire. De mon petit point de vue ma belle-mère vient quand même bien nous gâcher la vie alors qu'elle aurait pu profiter tranquillement de sa retraite en Bretagne.

Est-ce ma faute si elle n'a pas d'amis ? Vu son caractère…

Quand on ne travaille pas sur soi, il est facile de se plaindre et de rejeter la faute sur les autres. Tant pis si cet avis fait de moi une méchante !

Il en existe des associations, que ce soit pour faire du sport, de la couture, de la peinture, du tricot ou je ne sais quoi encore ?

Moi, je rêverais d'être à la retraite et de m'investir dans des associations pour les enfants ! Ce n'est pas évident à vivre, mais au moins cela donne un sens à sa vie et l'on se sent utile.

Gaby, rien ne lui plaît.

Je croyais qu'elle aimait lire. C'est faux car à chaque fois que je lui passe un livre, il traîne dans le salon, jamais ouvert.

À part faire semblant d'être une bonne grand-mère qui est-elle vraiment ?

Beaucoup de choses n'ont pas dû pouvoir se régler dans son enfance ni plus tard d'ailleurs et à présent nous en faisons les frais.

En fait, à l'âge adulte, on doit s'occuper de nos enfants, de nos parents et de nos beaux-parents. J'ai rêvé d'une autre vie avec beaucoup plus de temps pour moi pour pouvoir m'épanouir. J'en suis bien loin.

Ce n'est peut-être qu'un mauvais moment à passer mais il faut s'y atteler et cela me rebute vraiment.

14- Ne jamais dire jamais

Audrey me prépare toutes les infos sur les croisières en octobre et plus j'en apprends, moins j'ai envie d'y aller vu la météo et notre nombre impair qui n'est pas idéal pour partager des cabines de deux.

Rien n'est prévu pour une cabine seule sauf avec un supplément exorbitant.

D'ailleurs aucun voyagiste n'arrive à expliquer cette différence de prix. Ou alors il faudra prendre une chambre de trois si c'est possible, mais qui va dormir avec qui ?

Me farcir une belle-mère aussi inconsciente m'agace de plus en plus.

Faut-il céder à son caprice ou reporter cette croisière, voire l'annuler et choisir un séjour qui va réellement convenir à tout le monde ?

Quoique même cela devient compliqué puisque Thomas et moi n'avons pas les mêmes attentes au niveau des vacances. Lui veut bouger quant à moi je ne souhaite qu'une seule chose : me reposer.

D'autre part le médecin a bien insisté sur le fait que Gaby doit rapidement se changer les idées. Moi aussi j'ai besoin de me les changer sauf que ce n'est pas en compagnie de ma belle-mère que je vais pouvoir y arriver.

— Tu as vu, tu peux avoir une méga-super-chouette suite.

— Merci Audrey, le prix doit être en conséquence.

— Oui, c'est hallucinant les tarifs pour rester sur un bateau. Quoi que, tu peux profiter des escales.

— S'il fait beau.

— C'est ça, en même temps la période n'est pas idéale.

— Je te rappelle que je n'ai rien choisi Audrey, je subis.

— Je n'aimerais pas me trouver à ta place.

— Moi non plus, Audrey, moi non plus.

Je tente de joindre Thomas même si je sais bien que c'est mission impossible.

Après tout, il s'agit quand même de sa mère et je ne le trouve pas très impliqué dans les recherches.

Il me rétorque à chaque fois qu'il travaille, je commence à bien le connaître. Comme si moi j'enfilais des perles, peut-être. Entre la maison, le boulot, les enfants et sa mère, la coupe est pleine.

D'ailleurs nous n'avons toujours pas reparlé de l'embauche d'une femme de ménage et j'estime que c'est une nécessité ! J'ai d'autres choses à faire que de perdre mon temps dans une activité qui ne me m'enthousiasme absolument pas, qui revient constamment, tout cela sans aucune reconnaissance.

Je demande à Audrey de me trouver quelques noms et effectuerai un petit casting en disant à Thomas que si l'on est en mesure de payer une croisière, on peut bien prendre une femme de ménage quelques heures par semaine. Cela me soulagera grandement.

Quitte à garder une tâche je préfère de loin le repassage : au moins je peux écouter de la musique ce qui se révèle nettement plus difficile en passant l'aspirateur.

— Allô, chéri ? C'est pour la croisière, l'agence m'a envoyé le dossier sauf que le prix n'est pas négligeable.

— OK, je te fais confiance.

— Tu n'as rien vu et il va falloir poser des options car visiblement ça se bouscule au portillon.

— Pose, pose.

— Tu ne veux pas jeter un coup d'œil ?

— Je te fais confiance.

— Je te rappelle que c'est pour ta mère quand même et vus les tarifs ça mérite réflexion. Peut-être pourrions-nous partir au nouvel an au soleil ou aux Baléares fin avril ?

— Le docteur a dit que maman doit rapidement se changer les idées.

— Je sais, mon chéri, sauf que ça fait un peu cher.

— Ne t'inquiète pas, on se débrouillera.

— En gros, tu t'en fous et « tu me fais confiance ».

— Steph, on ne va pas se disputer au téléphone, on en reparle ce soir, bisous.

Ce soir ou jamais. J'aimerais bien que cela ne soit jamais, que ce ne soit qu'un mauvais cauchemar et que je me réveille loin, très loin de Gaby.

Après tout je peux aussi bien lâcher prise et tout laisser tomber. Sauf que je me connais trop bien, je ne suis pas comme cela : il me faudrait des années de méditation pour espérer y arriver…

— Audrey, il va falloir que l'on pose des options et voir si une cabine peut accueillir trois personnes. Sinon je me sacrifie pour garder Donut.

Et zut, j'ai oublié de parler de la femme de ménage, quelle cruche je suis !

J'envoie un petit SMS à Thomas :

- « OK pour la croisière, en échange on embauche une femme de ménage ».

Je tente de continuer de vaquer à mes occupations lorsque la réponse de Thomas arrive un peu trop vite : « Laisse tomber pour la femme de ménage. Maman s'en occupera, cela lui fera plaisir ».

Non mais quel goujat, alors !

Je suis énervée au plus haut point et n'arrive absolument plus à me concentrer sur mes articles. Ce n'est plus de la sophrologie ou de la méditation que je vais faire, c'est de la boxe si ça continue ainsi !

15- Zen, restons zen

— Steph, on va déjeuner.

— Pas faim.

— Oh la, la, si, ça va te faire du bien.

— Ras le bol !

— Zen, Steph.

Nous partons déjeuner mais je reste énervée. D'ailleurs il faut absolument que je me case au moins un cours de yoga par semaine comme je l'ai dit à maintes reprises, sans mettre mon projet à exécution évidemment.

— Audrey, il faut vraiment que je retourne voir la prof de yoga une fois par semaine.

— OK, je vais te caler ça mais, s'il te plaît, essaye de te détendre, je ne voudrais pas que tu me fasses un infarctus. Quoi que… si de jolis pompiers débarquent ? Je pourrais peut-être en faire mon quatre-heures.

— Sympa pour moi. Tu te fous complétement de ma santé, seuls les beaux mecs t'intéressent.

— Ce n'est pas négligeable d'autant plus que c'est assez calme en ce moment.

— Ma pauvre, je vais bientôt m'apitoyer sur ton sort.

— Oui, tu peux, vu mon âge canonique.

— Je croyais que les enfants n'étaient pas ta priorité ? Si tu veux on échange nos familles.

— Très drôle madame !

— Allez, un petit Valpolicella pour nous remonter le moral.

— Oui, ça va nous faire du bien. J'hésite entre une pizza ou une salade, moi. Et toi ?

— Idem.

— On n'est pas sorties de l'auberge dans ce cas !

— Qu'est-ce qui vous ferait plaisir mesdemoiselles ?

— Deux calzone !

Nous éclatons de rire.

— Va falloir se mettre au Pilates ensuite !

— Très bonne idée pour un nouvel article miss Audrey !

Depuis l'intervention du médecin, Gaby n'a plus abordé le sujet de la croisière et je me garde bien de faire le premier pas de peur de m'attirer les foudres de Thomas.

Elle semble aller mieux (ou fait semblant). Elle s'occupe, reprend soin d'elle, fait un peu de ménage et beaucoup de cuisine.

— Bonsoir Steph, bonne journée ?

Je déteste toujours qu'elle m'appelle ainsi mais visiblement cela semble l'amuser et ce n'est pas à son âge qu'elle changera.

— Très bien, merci.

— J'ai préparé des moules marinières avec des frites.

— Ah, c'est l'époque ?

— C'est toujours l'époque.

— Il ne me semblait pas, mais tant mieux. Les enfants vont adorer.

— Alors, nous pouvons passer à table.

— Thomas est déjà rentré ?

— Oui, depuis un petit moment déjà, il est même allé faire un jogging avec Donut.

— Un…jogging…avec…Donut ?

J'espère que Thomas ne va pas se défouler sur cette pauvre bête ! Donut court dans tous les sens, ce n'est pas du tout le chien idéal pour cette activité.

Gaby sonne la cloche du Belem et tout le monde arrive au salon de très bonne humeur.

— Bon appétit, mes chéris.

J'ai du mal à garder mon calme devant cette belle-mère qui me fait penser à Dr Jekyll et Mr Hyde. Certes, je dois sans doute être un peu négative mais pas si loin de la réalité.

— Merci Gaby. Ça va mieux ?

Oups, la phrase est sortie toute seule et Thomas me regarde d'emblée d'un œil noir.

Oh et puis zut entre sa croisière et son texto pourri sur le ménage il risque d'en prendre pour son grade s'il continue de la sorte.

— Oui, très bien, j'ai fait un peu de ménage, je me suis dit que cela vous rendrait service.

Et là, bien sûr, grand sourire de Thomas. Je mettrais ma main à couper qu'ils sont de connivence.

— Et vous, vous avez pu avancer sur la croisière ?

J'avale ma salive de travers, non mais quel toupet !

Thomas prend la parole tandis que je commence à m'étouffer et que tous les yeux des enfants se braquent sur moi pour savoir s'il faut me taper dans le dos, me donner de l'eau, pratiquer la méthode de Heimlich ou appeler les pompiers.

Seul Thomas semble sur une autre planète : la planète GABY (tu nous casses les…).

— Oui, maman, on a bien avancé, on va te montrer tout ça et faire les pré-réservations.

Cette fois, c'est moi qui lui jette un regard noir. Il en a de bonnes lui qui n'a absolument rien fait, pas même eu l'énergie de regarder les documents des agences de voyages, alors qu'au téléphone, il m'a certifié qu'on en reparlerait ce soir.

Pour ma part, en reparler signifiait en discuter tous les deux, sûrement pas devant tout le monde.

Que les hommes peuvent être agaçants.

— Effectivement, on a bien avancé et ce n'est pas donné.

— Oh, mais je peux payer ma part.

— Certainement pas, maman.

Mais paye-là ta part, et surtout part seule, au bout du monde et ne reviens pas !

Thomas n'étant qu'un homme il ne peut pas entendre tout ce qu'il se passe dans ma tête, et je peux vous dire que dans la tête des femmes ça cogite fort. Il manque un bouton ON-OFF, ce serait bien pratique.

— Maman, je suis obligée d'y aller ?

— Clem, rien n'est décidé pour le moment vus les tarifs et la disponibilité des cabines.

— Mais maman, si ça se fait, moi je préfère garder Donut.

Ah non, elle ne va pas s'y mettre de nouveau. Si quelqu'un doit garder le chien ce sera moi ! Je l'ai dit la première et en plus elle est trop jeune pour rester seule à la maison.

— Ma chérie, tu n'as que quinze ans et jusqu'à ta majorité tu es obligée de rester avec nous, c'est comme ça.

Clem sort de table en jurant, pestant, grognant, bref, le comportement de l'ado de base.

— Je suis certaine qu'il y aura la WI-FI, lui dis-je, bien qu'elle ne semble pas m'écouter.

Gaby nous ressert un petit vin blanc (muscadet), soulève son verre et dit « Alors, que la croisière s'amuse ! ».

16- La croisière s'amuse

Ça y est, c'est le jour J.

C'est arrivé à grands pas et nous sommes en vacances.

J'ai l'impression d'être en colonie, ce que je déteste, mais on va tenter de s'y faire.

J'ai réglé tous les moindres détails et bien précisé à mon mari que ce serait la première et dernière croisière de ma vie avec sa mère.

Il a fait ses yeux de chien battu mais n'arrivait pas à la patte de Donut que j'envie : rester à la maison et avoir un dog-sitter, la chance !

Je commence à divaguer et à me voir à sa place quand la réalité me rattrape en pleine figure.

J'entends des éclats de voix au lieu d'éclats de rire. Ça commence fort ! Qui ose râler pour partir en vacances ?

Encore une vieille qui se sent mal dans sa peau et qui aurait mieux fait de rester chez elle ?

Elle semble être aux prises avec le personnel de bord et ne pas vouloir en démordre.

Soudain, j'entends hurler : « J'ai payé pour ça ! ».

Moi qui n'avais déjà pas envie de venir, je tente de me rassurer en me disant que certaines personnes n'ont pas la chance de partir en vacances lorsque mes enfants me tirent par la manche en criant : « Maman, maman !».

Mais où est donc passé mon mari ?

On embarque tous ensemble en principe dans ces croisières et tout le monde est aimable, a le sourire… Enfin, c'est ce que je croyais bêtement en regardant un peu plus jeune les épisodes du fameux feuilleton « *La croisière s'amuse* ».

La réalité est tout autre.

Mon aînée me glisse à l'oreille : « Y a un blème ».

Nous n'avons pas encore mis un pied sur ce foutu paquebot qu'il y a déjà un problème ? J'ai du mal avec le langage des jeunes, ça me fatigue, ils ne peuvent pas s'exprimer normalement ?

Vu le temps passé pour réserver cette fichue croisière avec ses cabines hors de prix, ma Clémentine qui ne veut pas venir, traîne des pieds et moi également, il ne va pas falloir que cela dure trop longtemps avant que mes nerfs lâchent.

Soudain je ressens une forte angoisse et me mets à faire de la cohérence cardiaque car mon corps ne pressent rien de bon. Il faut toujours écouter son corps.

— C'est mamie.

Ma fille m'achève. Pourquoi n'y ai-je pas pensé plus tôt ?

À cet instant-même, j'ai envie de prendre mes jambes à mon cou, de me faire plus petite qu'une souris et de rentrer incognito chez moi. Mais je ne peux décemment pas laisser mes enfants dans cette panade au risque de me faire traiter de mère indigne. Où est mon mari ? On lui passe beaucoup de choses à lui je trouve, on est très loin de l'égalité hommes-femmes en matière d'éducation et même sur tous les autres sujets.

— Elle pète un câble ! Elle veut rentrer sur le paquebot avec trois énormes valises et ce n'est pas possible car si tout le monde fait comme elle, le bateau va couler.

Mais qu'elle monte seule et qu'elle coule avec ce fichu rafiot ! Et dire que j'ai bien précisé à tout le monde de n'emmener qu'une valise par personne, maximum 23 kilos, comme en avion.

Soudain la voix stridente de ma belle-mère retentit :

— Ce n'est pas de ma faute s'il faut bien s'habiller à toutes vos soirées ! Comment voulez-vous que je fasse rentrer toutes mes tenues dans une seule valise cabine ? D'ailleurs, en parlant de cabine, vous seriez bien aimables de me conduire à la mienne où une bouteille de champagne doit m'attendre !

Visiblement personne n'arrive à lui faire entendre raison.

Je savais qu'il ne fallait pas la faire cette croisière.

Je ne tiendrai jamais toutes les vacances alors que nous sommes encore à quai et que c'est déjà la pagaille.

Thomas accourt vers moi, rouge vif, le rouge de la honte ! Son regard en dit long.

Il doit réaliser à cet instant que j'avais raison depuis le début et que nous allons vite déchanter en croisière. Se coltiner sa mère est un enfer et il semble juste en prendre conscience au milieu de parfaits inconnus qui commencent sérieusement à s'impatienter.

À leur place je pense que j'aurais carrément hurlé et agressé la grand-mère en lui disant de partir avec ses copines en dehors des périodes de vacances scolaires ou de s'inscrire directement en EHPAD.

— Steph, je suis désolé.

Et moi donc alors ! Je ne vais pas en plus m'afficher avec sa mère.

J'enfile mes lunettes de soleil même si les nuages arrivent et recule discrètement.

— Steph, aide-moi à lui faire entendre raison.

— Thomas, tu sais bien que c'est mission impossible ! C'est ta mère, tu la connais mieux que moi.

— S'il te plaît, c'est la dernière fois qu'on l'emmène, je t'en supplie.

— Alors, là, mon chéri, il va falloir me signer une attestation sur le champ.

— Rigole pas, Steph, c'est la honte.

— Je te le confirme mais c'est ta mère et tu l'as voulue, cette croisière.

Note à moi-même : ne pas céder, ne pas céder.

— Maman, on s'en va, tout le monde nous regarde, c'est super humiliant, je ne vais pas poster ça sur mon Insta, fais quelque chose.

— Tu me parles de ton Insta dans cette situation ? Non mais vous rigolez ou quoi les enfants ? Je commence à en avoir ras le bol de vos réseaux sociaux, on est dans la vraie vie, là.

— Mam's, ce n'est pas juste de t'en prendre à nous alors que c'est mamie qui fout la m…

— Stop ! Tais-toi.

Je prends une grande inspiration en m'avançant vers la fouteuse de merde.

— Excusez-moi messieurs-dames pour la gêne occasionnée. Ma belle-mère n'a pas dû comprendre la consigne pour la valise et nous allons très vite arranger cela.
— Comment veux-tu arranger cela ? Je ne peux pas me séparer de ma garde-robe.
— Bon Gaby, soit vous laissez deux valises à terre, soit vous retournez seule en Bretagne, c'est clair ?

J'entends des « oh ! ».

Quoi ? En plus je passe pour la méchante belle-fille ? Je vois rouge.

Le personnel s'approche de nous deux :

— Merci de faire entendre raison à votre belle-mère. C'est pour le bien de tous les passagers et nous avons déjà pris beaucoup de retard à l'embarquement.

Ils nous demandent de nous décaler sur le côté afin de faire monter toutes les autres personnes à bord.

J'entends mes enfants discuter entre eux et prendre des photos en disant « trop la honte ».

C'est vrai que là, dès le début, on a déjà touché le fond avant même d'avoir embarqué (serions-nous sur le Titanic ?). Je n'ose pas imaginer la suite des vacances. À moins que l'on oublie Gaby lors d'une escale ? Tiens je dois absolument me renseigner. Un paquebot peut-il reprendre la mer s'il manque un passager ?

J'aperçois çà et là quelques regards compatissants, certains doivent gérer le même genre de dragon.

Allez, zen, zen, zen. Je dois penser positif et me dire que je vais vivre les dernières vacances avec ma belle-mère, enfin je l'espère vivement.

17- Embarquement immédiat

Après quasiment deux heures de retard, nous sommes enfin à bord du paquebot, à dire au revoir de la main à des inconnus puisque toute notre famille a pu embarquer.

J'espère que le soleil va faire son apparition même si on m'a bien précisé qu'à cette époque la météo risque d'être plutôt mitigée mais qu'avec toutes les activités et escales proposées nous n'aurons pas le temps de nous ennuyer.

Et si je veux m'ennuyer, moi, et simplement me poser et déguster un mojito ou n'importe quelle autre boisson qui pourra me permettre de me détendre ?

— Il aurait fallu réserver à une autre période, madame, m'avait lancé la responsable de l'agence de voyages.

Allez, fais plaisir à la mère de Thomas, ne profite de rien et surtout n'oublie pas que c'est toi qui régale ! Chienne de vie.

Je me refais un petit exercice de cohérence cardiaque, les vacances démarrent un peu fort à mon goût.

Et si je tentais de me perdre sur le bateau afin de ne plus retrouver ma belle-mère ? Sauf qu'à table, il faudra bien se la coltiner. Sans compter le soir du repas à la table du capitaine. Là, je vais devoir trouver une excuse, avec Gaby, ce sera définitivement la plus grosse honte de toute ma vie.

Maintenant nous allons devoir affronter le partage des cabines et je n'ai vraiment pas envie de m'y coller après tout ce qui vient de se passer.

Je propose de déposer les bagages un peu au hasard, d'aller se promener sur le pont et de prendre un verre.

Il sera bien temps de s'afférer au dispatching des chambres ensuite, je n'ai plus envie de me prendre la tête pour le moment.

Après tout, moi aussi je suis en vacances.

« Vacances, j'oublie tout, plus rien à faire du tout » … J'ai cette musique en tête et je compte bien ne pas faire grand-chose effectivement quand je reçois un SMS.

« Ça roule ou ça coule ? Bon courage ma Steph ».

Audrey me connaît bien.

« Ça coule, je vais prendre un verre histoire de me noyer un peu plus ».

« Un verre d'alcool ? Déjà ? »

« Il n'y a pas d'heure pour les braves ».

« C'est inclus, les boissons ? Tu risques de vider le bar à ce rythme ».

« Il me faut déjà un remontant vu ce que l'on vient de vivre. Je t'envie ».

« Toi, envier une pauvre célibataire, qui n'est même pas en vacances sur un superbe paquebot ? »

« Arrête ou je t'expédie ma belle-mère dans une caisse en bois ».

« Tu me fais rire, et pourtant… je compatis. Bisous ».

J'entends soudain mes enfants m'appeler.

— Maman, on a faim !

— Quoi ? Déjà ?

— T'as vu l'heure ? À cause de mamie et le retard pris, c'est l'heure de déjeuner, maman.

— Oh, vous n'allez pas commencer, vous aussi. On va se prendre un bon petit apéritif, il y aura sûrement des cacahuètes à grignoter. Et puis arrête avec ton téléphone, Clem !

— C'est la meilleure, ça ! Toi tu envoies constamment des SMS !

Et prends ça dans la tronche.

Si, je confirme, le lieu idéal est une île déserte : pas d'enfants ni de belle-mère.

Prochain article : je pars vivre sur une île déserte.

Je tiendrai le temps qu'il faudra, au moins on me fichera la paix. J'emmènerai une tonne de livres et à moi le farniente.

— On s'offre une petite coupe pour fêter le début des vacances ?

Gaby commence sa dictature mais comme je ne résiste pas au champagne, elle sait me prendre par les sentiments.

— Champagne pour les adultes ! Et ensuite on passe à table car on entend nettement des petits estomacs gargouiller.

— Et pas que les petits, ajoute Gaby.

Après plusieurs coupes de champagne j'ai l'impression de tanguer, ce qui est sommes toutes logique sur un bateau. Nous réussissons quand même à décompresser un peu, l'alcool aidant. Ah mais attention, il faut sûrement que je surveille la consommation de Gaby car médicaments et alcool ne font pas bon ménage. Tant pis, au pire nous irons voir le charmant docteur. Enfin charmant, je m'avance peut-être. Avec nos histoires de valises je n'ai pas eu le temps de détailler tout le personnel de bord.

18- Une table pour sept

Après l'apéritif nous devons nous atteler à trouver le restaurant.

Malgré les panneaux indicatifs, je m'y perds. Le champagne doit y être pour quelque chose.

Heureusement que les enfants sont plus doués que moi et nous nous retrouvons rapidement devant comme par magie.

Comme nous sommes sept, une table nous est entièrement réservée.

Le menu proposé me semble divinement bon.

— Il n'y a pas trop de choix, s'exclame tout fort une voix de femme.

Et tout le monde se tourne vers nous.

Est-ce la croisière de la honte pour moi ? Elle ne va pas continuer sur ce ton-là, la belle-mère ? Malgré mon yoga et ma méditation elle m'agace sérieusement.

Les enfants baissent la tête vers leurs assiettes vides, je tente tant bien que mal de me cacher derrière le menu du jour. Thomas ne dit rien.

Gaby croise mon regard noir.

— Non, mais c'est vrai, pour le prix, on pourrait avoir plus de choix.

J'hésite entre retourner me saouler au bar ou lui crier dessus car, en plus, elle ne paye strictement rien.

Thomas me fait signe de me taire.

Le premier déjeuner s'annonce sous de drôles d'auspices.

Les enfants choisissent rapidement ce qu'ils veulent manger, aucun ne bronche.

Tout le monde avale vite fait son repas. Gaby a toujours la bouche pleine ce qui lui évite de nous faire remarquer et est fort agréable.

Elle part même dans sa cabine après déjeuner pour faire une sieste, les enfants vont vaquer à leurs activités, pour ma part j'ai envie de déballer mes affaires et pas que.

J'entraîne Thomas vers une autre cabine.

— C'est pour un petit câlin, ma chérie ?

— Non mais Thomas, tu n'y es pas du tout. Ça ne va pas être gérable. Ta mère est une vraie calamité et il est hors de question qu'elle continue à se comporter de la sorte.

— Oh, ma chérie, tu la connais…

— Justement, c'est bien pour cela que je ne voulais pas venir.

— Puisque que nous sommes là, profitons-en. Et un petit câlin ne fait de mal à personne.

— Thomas, je crois que tu n'as pas bien saisi la situation. Si ta mère continue à nous mettre la honte devant tout le monde on la débarque à la première escale.

— Tu y vas un peu fort.

— OK, alors c'est moi qui vais débarquer.

— Non, mais tu me fais du chantage ou je rêve ?

— Ce n'est pas du chantage, c'est juste la réalité. J'ai cédé et, de son côté, elle ne fait aucun effort. Deux heures de retard à cause d'elle pour l'embarquement, madame qui râle parce qu'il n'y a pas assez de choix sur la carte du restaurant, non mais elle se croit où ?

— OK, OK, je vais lui parler.

— Tu sais très bien que ça ne sert à rien.

— Alors je ne lui parle pas.

— Tu m'agaces, Thomas.

— Je vais aller à la salle de sport.

— C'est ça, moi je vais à la piscine, ciao.

Lors de leurs activités les enfants s'amusent bien et se font même des amis.

Pour ma part, j'angoisse déjà à l'idée du dîner et envisage d'aller manger seule, ce qui semble malheureusement impossible.

Le bateau est immense et pourtant, j'ai toujours l'impression de me retrouver nez-à-nez avec ma belle-mère.

Aucune activité ne l'inspire, alors qu'elle nous avait réclamé cette croisière pour se changer les idées.

Bientôt nous aurons une première escale, peut-être que cela plaira à Madame Belle-Mère.

Pour une fois la journée se déroule relativement bien ainsi que la soirée.

Il faut dire que, tous les soirs, des spectacles sont proposés. Ce soir, nous n'allons pas trop traîner avec l'excursion du lendemain.

Nous partons nous coucher relativement tôt et je m'endors comme une masse.

Mais, vers trois heures du matin, je me réveille, en nage. Thomas se tient près de moi.

Encore ce fichu cauchemar. À chaque fois je veux minimiser les choses et ne pas l'affoler, pourtant ce cauchemar revient constamment depuis mes douze ans. Il m'empêche de dormir et je me rends bien compte qu'il va falloir que je perce tout cela pour arriver à m'en défaire. Ce n'est pas si simple. On m'a parlé d'hypnose mais j'ai peur de ne pas être trop réceptive. Ou sinon ben évidemment un psy. Faut-il réveiller de vieux souvenirs enfouis ou aller de l'avant ? Pour le moment je préfère aller de l'avant. Mais jusqu'à quand serais-je capable de vivre avec ce poids ?

Au petit matin, je suis exténuée et le temps n'est pas de la partie.

Il tombe des trombes d'eau et l'on ne sait pas si l'excursion pourra être maintenue.

Nous sommes en train de prendre le petit déjeuner lorsque Gaby débarque avec son poncho de pluie.

— On y va ?

— Où ça ?

— À l'excursion, voyons Steph.

— Vu le temps…

— On a payé, on y va.

Et c'est reparti pour un tour ! Mais quel problème a-t-elle avec l'argent ? C'est plutôt elle qui devrait être suivie par un psy.

Tout le monde commence à nous regarder tellement elle parle fort et semble exubérante avec son poncho jaune fluo.

Dès le matin il faut encore se taper la honte et vu mon cauchemar je ne suis pas d'humeur.

— Gaby, il pleut comme vache qui pisse, que voulez-vous visiter sous cette pluie ?

— J'ai payé donc je vais y aller, sinon ils ne nous remboursent pas.

— Excusez-moi mais vous n'avez rien payé du tout. Et si vous attrapez une pneumonie, vous serez contente ?

— Oh, toujours cette question d'argent ! C'est vraiment mesquin. Je vais tout vous rembourser mes petits, au centime d'euro près.

— Là n'est pas la question, on attend la décision des organisateurs.

Et elle commence à bouder. Il ne manquait plus que cela.

En attendant de savoir si l'on va pouvoir débarquer ou pas, je m'imagine déjà seule pour mes prochaines vacances. Pas de belle-mère, ni d'enfants, ni de mari. Des vacances S E U L E à faire ce que je veux, MOI. Je m'imagine un séjour en thalassothérapie lorsque la voix stridente de Gaby me sort de mes rêveries.

— On y va !

— Quoi ?

— Excursion maintenue.

Oh non, j'espère qu'elle n'a pas cassé les pieds aux organisateurs pour maintenir à tout prix cette excursion ! J'avoue qu'avec cette pluie je serais bien restée à quai. Allez, je dois prendre sur moi pour affronter une nouvelle journée avec Gaby.

Dans le car qui nous emmène visiter de magnifiques villages sur le papier, on ne distingue rien à trois mètres devant nous. Je commence à trouver cela dangereux.

— C'est excitant, non ?

— Pas du tout, c'est dangereux, on n'y voit rien avec cette pluie, pourvu que l'on arrive entiers.

— Oh, je rêve ou tu fais une prière ? Tu dois avoir très peur.

Et Gaby de rigoler.

Personne n'en mène large dans le bus, à part elle. N'aurait-elle pas soudoyé le conducteur ? On peut s'attendre à tout.

— On va visiter et acheter des souvenirs.

— Je doute fort qu'on visite grand-chose avec ces trombes d'eau et des souvenirs pour attrape-touristes, non merci.

— Mais que tu es rabat-joie !

Thomas regarde par terre pour ne surtout pas croiser mon regard et les enfants ont des têtes de chiens battus. Il ne fait vraiment pas chaud. Manquerait plus que l'on tombe malades à cause de cette excursion de misère ! Oh, je commence à en avoir par-dessus la jambe des vieux ! Promettez-moi de m'achever avant que je ne devienne comme ça !

La voix du guide se fait entendre :

— Au regard des circonstances météorologiques, nous allons être contraints de modifier le programme. Nous tenterons de faire une courte visite avant de déjeuner. Ensuite, vous aurez du temps libre pour faire vos emplettes. Je suis vraiment navré pour vous car il est extrêmement rare d'avoir une aussi mauvaise météo.

19- Recherche Gaby désespérément

— Maman, on retourne quand sur le bateau ?

— Le guide vient de vous expliquer, vous êtes sourds ou quoi ?

— Ne t'énerve pas !

— Oh, excusez-moi mes chéris mais franchement c'est bien la dernière fois que je fais une croisière.

Il faut constamment surveiller les enfants alors je laisse mon mari tenter de gérer sa mère. Eux réclament des gadgets à acheter et surtout des choses à manger. Ce sont des ventres sur pattes, pas possible. Ils ne pensent qu'à la nourriture. Ma belle-mère n'est pas sur la même longueur d'onde. Elle est partie de son côté avec son fils pour chaperon.

Mais pourquoi le guide n'a-t-il pas annulé cette excursion ?

Respirer, faire de la cohérence cardiaque, ne pas s'énerver. Je t'en ficherai, moi. Ne pas s'énerver dans ces conditions me semble plus que difficile.

Que le temps est long. J'ai hâte de retourner sur le paquebot pour être un peu au chaud car je commence à avoir les pieds trempés. Il ne manquerait plus que je m'enrhume en plus, la cerise sur le gâteau ! On s'en souviendra de ces vacances. La croisière s'amuse, tu parles !

Avec les enfants nous ne traînons pas et nous installons quasiment les premiers dans le bus pour le retour.

Les autres personnes suivent rapidement également, puis arrive Thomas.

Quelque chose cloche. Il est… seul ! Où est sa mère qu'il était censé surveiller ?

— Thomas, où est ta mère ?

— Avec vous.

— Tu rigoles ou quoi ? J'étais avec les enfants et je t'avais dit de la surveiller.

— Elle est grande, c'est bon.

— C'est bon ? Regarde autour de toi, tout le monde est là sauf elle. On va encore nous remarquer et c'est usant. Moi, je ne la connais plus, c'est ta mère, tu te débrouilles.

Le guide commence à compter ses moutons (donc notre groupe) et… bingo ! Il manque une personne à l'appel. Je vois rouge. Tout le monde veut rentrer et madame est partie je ne sais où sans penser aux autres, comme d'habitude.

— Hum, excusez-moi messieurs-dames, il nous manque une personne.

Des brouhahas commencent à se faire entendre.

— Ce n'est pas vrai Thomas ! Dis-leur et va chercher ta mère qui commence vraiment à se foutre du monde.

— Maman, gros mot !

— Oh, les enfants, ça va hein, maman est énervée. Vous ne trouvez pas qu'elle exagère votre grand-mère ?

— Ben si, maman, mais c'est trop drôle !

— Drôle ? Vous en avez de bonnes, vous. Allez expliquer à toutes les personnes qui sont dans le bus et qui ont hâte de rentrer se mettre au chaud que c'est votre grand-mère que l'on attend ! Vous verrez si c'est drôle.

Le silence se fait.

— Savez-vous qui manque à l'appel ?

— Thomas.

— Steph, vas-y, dis-lui.

— Ça suffit maintenant. J'ai déjà quatre enfants et avec vous deux ça m'en fait six, ce n'est plus possible.

Je me recroqueville sur mon siège pour devenir invisible. Si seulement je pouvais disparaître d'un coup de baguette magique.

— Hum, pardon, il manque ma mère, mais elle ne va pas tarder.

Et l'on entend monter un grognement dans tout le bus : « Encore elle ! »

Le guide fait une moue bizarre, je ne saurais la retranscrire. Je préfère fermer les yeux et me boucher les oreilles. Je sais, c'est on ne peut plus enfantin, mais-là, j'ai atteint mon summum de compréhension et de bienveillance.

— Monsieur, c'est très ennuyeux car il ne va pas être possible d'attendre trop longtemps. En effet, nous devons retourner au bateau qui va bientôt reprendre le large.

— Le bateau va partir sans nous ? crient toutes les personnes qui ne sont pas de notre famille.

— Ne vous inquiétez pas, je suis vraiment désolé, ma mère va arriver.

— L'avez-vous appelée ?

— Ah… oui… non, bonne idée.

Et Thomas d'appeler sur le portable de sa mère. Vu sa tête c'est mauvais signe.

— Répondeur.

— Non, mais ce n'est pas possible d'emmener une emmerdeuse pareille en croisière !

Je vois mon mari devenir rouge écarlate et prendre la parole.

— Vous allez parler de ma mère sur un autre ton, je vous prie.

— Mais elle nous emmerde depuis le début de la croisière. Allez, on lève l'encre, monsieur le guide.

— Monsieur, si votre maman n'arrive pas je ne vais pas pouvoir attendre indéfiniment.

Thomas ne sait plus quoi répondre et je n'ai pas du tout envie de m'en mêler. Je tente une séance de méditation pour me sortir de ce cauchemar vivant.

Au bout d'environ trente minutes nous voyons arriver un couple en voiture. Plutôt sympa la bagnole d'ailleurs. Un monsieur d'un certain âge en descend et va ouvrir la portière côté passager, quelle galanterie. Gaby est radieuse et semble un peu pompette.

— Buona sera a tutti[14] !

Purée, elle se pointe en retard et elle ne trouve que ça à dire ? Bonsoir à tous en italien, c'est un gag ou quoi ?

Elle distribue des petits chocolats italiens, des Bacci, avec des noisettes à l'intérieur et brandit des bouteilles de Prosecco.

— Pour me faire pardonner… Veuillez m'excuser, j'étais en très bonne compagnie et je n'ai pas vu le temps passer. On se rappelle très vite, Giuseppe mio[15] ?
— Certo, bellissima[16].

Ne me dites pas qu'elle est tombée amoureuse d'un riche italien en quelques minutes ? Du Gaby tout craché ! Il aurait pu la garder…

---

[14] Buona sera a tutti : bonsoir à tous
[15] Giuseppe moi : mon Giuseppe
[16] Certo, bellissima : certainement ma belle

— Mesdames, messieurs, nous allons pouvoir regagner le bateau !

— Non, mais maman, c'est quoi ce bin's ?

— Oh, il est vraiment charmant. Il m'a fait visiter et nous avons pris une coupe de champagne.

— Une coupe ou une bouteille ?

— Ne sois pas rabat-joie, j'ai passé un très bon moment.

— Nous sommes en groupe, tu n'as encore une fois pensé qu'à toi et pas aux autres. Dès que l'on rentre, tu repars en Bretagne.

— Non è possibile[17].

— Mais arrête de me baragouiner en italien, ça m'agace vraiment.

— Mon pauvre chéri !

— Tu es complètement saoule !

— Ma no[18].

— Maman, stop, tais-toi.

— Je vais me marier !

— Mais oui, c'est ça et moi je suis le Père Noël. Allez, silence jusqu'au bateau par pitié.

— Mes petits enfants chéris, mamie va se marier avec un charmant italien et vous pourrez venir nous voir en vacances.

— Super, mamie !

— Maman, s'il te plaît…

---

[17] Non e possibile : ce n'est pas possible

[18] Ma no : mais non

— Les enfants, mamie est fatiguée, n'écoutez pas ce qu'elle dit.

— Mais je n'ai jamais été aussi en forme mes amours et puis évitez de m'appeler mamie, ça fait vieille !

Je voudrais disparaître d'un coup, devenir la femme invisible, par contre je suis fière de la réaction de Thomas qui commence enfin à ouvrir les yeux sur sa mère.

20- Soirée de gala

Il était temps que cette croisière touche à sa fin. Ce soir avait lieu la soirée de gala du capitaine, tout le monde devait se mettre sur son 31. Je n'osais pas penser à ce qu'allait encore nous réserver Gaby. J'étais épuisée par cette journée et je n'avais aucune envie de me pomponner et de paraître gaie ce soir. Je serais plutôt allée me faire masser, seule, loin de tout ce monde. Mais cela n'allait pas être possible tout de suite. To do list : me programmer une thalasso entre moi et moi. Avec de bons livres, de bons repas, du calme, loin de toute cette cohue.

On ne m'y reprendra plus à passer des vacances pourries avec ma belle-mère. Thomas continue à se faire tout petit. Les enfants sont excités par cette soirée à la table du capitaine. Nous avons apporté de superbes tenues en l'honneur de celui-ci. J'appréhende juste celle de Gaby qui a fait des emplettes durant sa « fugue ». Et si je me faisais porter pâle ? Allez, courage Steph, une petite séance de respiration et tout ira mieux ensuite. Vu tous les plans foireux, je doute qu'elle puisse empirer les choses. Quoique…

Les enfants sont super élégants, je suis fière d'eux jusqu'au moment où je vois descendre du grand escalier central une femme, blonde, dans une robe lamée, perchée sur des talons d'au moins dix centimètres. Non mais ce n'est pas possible ! Elle va encore une fois nous mettre la honte jusqu'à la fin du séjour. Cette tenue est inappropriée ! Mais au moins, elle, on la remarque. Pas forcément pour la bonne cause. Nous ne sommes pas au cirque tout de même.

Gaby montée sur ses pseudos Stilettos s'avance et se plante juste sous le nez du capitaine. Lui sait se tenir, il doit avoir vu beaucoup de choses dans sa vie mais ce soir ce doit être le summum.

— Où est maman ?

Non, mais, où mon mari a-t-il la tête ? Visiblement tous les passagers ont les yeux rivés sur la scène qui se déroule actuellement et lui ne voit strictement rien. Bonjour, les hommes !

Mon regard ainsi que celui des enfants lui suffisent pour comprendre.

— Oh… non !

— Et si !

— Je préfèrerais être orphelin.

— Je compatis, Thomas.

— Mais, qu'ai-je fais pour mériter une telle mère ? Je vais me coucher.

— Ah non, tu as insisté pour faire cette croisière alors tu assumes jusqu'au bout.

— C'est l'humiliation totale !

— Tu crois que c'est la première fois ? C'est constamment ainsi avec ta mère, Thomas, et il faut vraiment que ça cesse. Sinon tu pars t'installer avec elle en Bretagne et on n'en parle plus.

— Ah, c'est gentil ça. Et je bosse dans quoi là-bas ?

— Le boulot, le boulot ! Au fond tu t'en fiches de ta mère et de tes enfants.

Le ton monte. Nous allons encore être la risée de tous.

— Allez, champagne ! Oublions tout et buvons, cette croisière restera un souvenir épouvantable alors autant bien boire et bien manger.

Je ronge mon frein.

Je sais que je vais avoir mal au crâne en m'énervant de la sorte. Il faut vite que j'avale un anti-douleur.

Evidemment j'ai pris le strict minimum dans ma pochette et non un immense sac dans lequel je transporte ma maison. Du coup, pas de médicament. Je dois aller en chercher à la cabine, mais quel prétexte donner ? Aller aux toilettes ?

— Je m'absente cinq minutes.

— On vient avec toi, maman !

Oh non, je ne peux même pas être tranquille cinq petites minutes.

— Non, tout le monde reste à sa place, je suis une grande fille et je peux aller seule aux toilettes, merci.

— Nous aussi on a besoin de nous rendre aux toilettes !

— Chéri, tu t'occupes des enfants, s'il te plaît ? Vous irez après.

Je me lève en fuyant la salle bondée.

21- Débarquez-moi… ou je fais un malheur !

Je n'en peux plus, vivement demain. Mais vivement quoi ? Que l'on rentre à la maison avec ce boulet ? Cela ne va pas être possible. C'est elle ou moi. Sinon je partirai dans un ashram en abandonnant tout.

Je me dépêche de rejoindre notre cabine car je sens le mal de tête empirer.

Tête baissée je ne vois personne arriver en face de moi mais subis un choc terrible et me retrouve par terre, complétement sonnée.

— Ça va ? Excusez-moi, je suis navré. Réveillez-vous, madame.

On me bouge de position. Peut-être que je rêve ou que je suis morte, la solution à tous mes problèmes.

Ma tête me fait un mal de chien. Normal, j'ai déjà trop traîné pour avaler ce p…. de comprimé !

— Ne bougez pas, nous allons vous transporter en toute sécurité.

Je ne comprends rien à ce que l'on me dit, je distingue vaguement un homme brun. Oh, Tom Cruise ! Jeune, vraisemblablement.

— Tom ?

— Elle divague ?

— C'est le choc. On va surveiller. Ne vous inquiétez, pas je suis médecin.

Le personnel du paquebot arrive accompagné du médecin de bord.

— Chut, j'ai mal à la tête.

— C'est normal, madame.

Ça n'arrête pas de parler autour de moi. Que des termes médicaux : scanner, IRM, surveillance, attente si vomissements et j'en passe.

Je tente de me lever.

— Non, surtout ne bougez pas, on va vous transporter à l'infirmerie sur un brancard.

— Mais, je… vais… bien. Et ma tête retombe dans les bras de quelqu'un.

— Ne vous endormez pas, s'il vous plaît, regardez-moi.

— Mal tête.

— Je sais mais visiblement vous avez la tête dure. Ne fermez pas les yeux, restez avec moi.

— Oui, Tom.

— Prévenez sa famille, on l'emmène à l'infirmerie pour la garder en observation cette nuit et, une fois à terre, elle fera les examens nécessaires. Je m'en occupe.

Je sens que l'on prend ma tension, que l'on m'observe sous toutes les coutures. J'ai envie de dormir mais je dois avaler un truc avant. Ce n'est pas vraiment bon, j'ai trop mal au crâne et en même temps envie de dormir. Mais Tom Cruise me dit de rester avec lui. Je ne suis pas contre, moi.

Un homme déboule, il semble affolé. On tente de le rassurer.

— Que s'est-il passé ? Comment va-t-elle ?

— Monsieur, je pense qu'il y aura plus de peur que de mal, votre femme a fait une mauvaise chute.

— Comment est-ce possible ?

— Elle fonçait tête baissée, elle ne m'a pas vu, m'est rentré dedans et a ensuite été déséquilibrée. Puis sa tête a heurté un extincteur.

— Quoi ? Vous devez l'évacuer immédiatement pour lui faire passer des examens. Elle doit avoir un traumatisme crânien !

— Monsieur, je suis médecin neurologue. Nous la gardons en observation cette nuit et dès demain nous lui ferons passer tous les examens nécessaires.

Je crois que je finis quand même par m'endormir. Malgré ma tête lourde, je me sens légère, je rêve de Tom Cruise. Qu'il est beau !

Je ne sais pas comment la nuit se passe pour les autres mais moi je suis bien entourée et rassurée.

22- Une nuit avec Tom Cruise

N'étant plus en mesure de parler, ni d'écrire quoi que ce soit, mon mari prend la relève.

Ma femme est hospitalisée.

Je crois que j'aurais dû l'écouter. Cette croisière a été un véritable fiasco.

Nous n'avons pas profité des vacances, ma mère est toujours chez nous, nos enfants sont inquiets car leur mère, ma femme, ma Steph d'amour, est à l'hôpital.

J'ai envie de me donner des claques.

Bravo, Thomas, tu es un vrai con.

Je ne sais pas comment je vais m'en sortir sans elle.

Gaby est aux petits soins avec tout le monde. Je crois que cette croisière lui a servi de leçon. Mais maintenant elle se sent encore plus redevable et indispensable.

Je jongle entre les visites à l'hôpital, le boulot et les enfants. Ma mère gère bien la maison, elle a intérêt.

— Papa, papa, elle rentre quand, maman ?

Les enfants s'impatientent.

Que pourrais-je leur dire ?

Lorsque je suis arrivé à l'hôpital elle m'a accueilli par un : « Bonjour, monsieur ».

Pas très rassurant.

Il paraît qu'il ne faut pas s'inquiéter, ce serait une amnésie passagère. Impossible de savoir combien de temps cela va durer.

J'ai discuté avec le fameux sosie de Tom Cruise. Ça, elle n'en démord pas, elle ne voit que par lui. Le choc a été violent, elle a eu beaucoup de chance. En même temps, c'est logique, c'est ma Steph, elle a la tête dure.

J'essaye de passer tous les jours à l'hôpital, la situation est plutôt désespérante de mon point de vue.

— Bonjour, docteur, une amélioration ?
— Monsieur Nolan, il faut comprendre que cela peut être long. On ne maîtrise pas tout, c'est complexe le cerveau. Votre femme ne va pas si mal.

— Vous en avez de bonnes vous ! Elle est clouée ici, elle ne me reconnaît pas, je ne suis pas certain qu'elle aille si bien. Et moi, je ne m'en sors pas entre mon boulot, les enfants, ma mère.

— Je comprends tout à fait votre colère mais il va falloir l'aider, la stimuler, lui montrer des photos, lui parler. Il faudrait que vos enfants viennent la voir également.

— Quoi ? Les faire venir à l'hôpital ?

— Oui, ça les rassurera de voir que leur maman se porte bien.

— Mais si elle ne les reconnaît pas ? Ils vont avoir peur.

— Nous allons prendre le temps de tout leur expliquer.

— Je ne suis pas sûr.

— C'est indispensable pour eux et pour elle. Nous n'allons pas la garder durant des semaines, vous savez.

— Comment vais-je la gérer si elle ne se souvient de rien ?

— C'est sa mémoire immédiate qui est défaillante, mais elle va se souvenir d'anciennes choses. C'est bien pour cela qu'il faut au plus vite la stimuler. Faites-moi confiance et venez rapidement avec vos enfants. Vous savez, ils ont beaucoup plus de ressources qu'on ne le pense, ils ne réagissent pas du tout comme nous.

— D'accord, je vais les emmener avec moi ce week-end.

— Parfait, n'hésitez pas à me contacter dès que vous en avez besoin. On peut envisager un suivi psychologique également.

— Pour Steph ?

— Non, pour vous.

— Je ne suis pas malade, moi !

— Ne vous énervez pas. Nous aurons l'occasion d'en reparler car cela pourrait vraiment vous aider.

Et en plus je passe pour un dingue maintenant. P…. de vie de m… On était heureux avant et il a fallu que ma mère débarque !

Dans la voiture je mets la musique à fond pour tenter d'oublier un instant tout ce qui me tombe dessus.

23- Bonjour les enfants

Le week-end suivant je décide d'emmener les enfants à l'hôpital pour voir leur mère.

J'ai bien pris soin de leur expliquer ce qu'il se passe, sans trop les faire les paniquer.

Va-t-elle les reconnaître ?

Comment vont-ils réagir ?

Ils veulent lui apporter des livres et des chocolats, ce que l'on fait.

Elle adore le chocolat noir.

Je stresse un peu, voire beaucoup.

Gaby reste à la maison avec Donut.

Nous y allons le samedi après-midi. J'ai également pris des chouquettes pour le goûter, les enfants et Steph adorent ça.

Tout le monde est impressionné lorsque l'on rentre dans ce bâtiment immense, avec des couloirs qui n'en finissent pas. Tout se ressemble ici. Et cette odeur de désinfectant que j'ai de plus en plus de mal à supporter.

Steph est dans une chambre seule.

Les enfants frappent à la porte et entrent directement en se jetant dans les bras de leur mère.

— Mes amours !

Elle a l'air de les reconnaître. Bizarre. Pourquoi ne me reconnait-elle pas ?

Les enfants commencent à parler tous en même temps et à offrir leurs cadeaux.

— Doucement, vous allez fatiguer maman.
— Mais non, monsieur, mes enfants me font du bien.
— Pourquoi elle t'appelle monsieur ?
— Papa nous l'a déjà expliqué.
— D'accord, mais ça fait bizarre.
— Ça ne va pas durer.

Je l'espère vivement mais le cerveau est bien trop complexe pour moi qui ne suis pas médecin.

Puis Tom Cruise apparaît. Il n'a pas de vie de famille pour se trouver à l'hosto tous les jours de la semaine et même le week-end ?

— Bonjour, je vois que vous m'avez écouté. C'est très bien que vos enfants soient là.

— Elle va guérir quand maman ?

— Cela sera plus ou moins long. Vous a-t-elle reconnus ?

Je prends la parole avant eux.

— Elle a reconnu les enfants mais elle m'appelle toujours monsieur.

— C'est très bon signe.

— Qu'elle m'appelle monsieur ?

— Qu'elle reconnaisse ses enfants. N'hésitez pas à lui parler du passé et également du présent. Il faut stimuler son cerveau et la mémoire finira par revenir.

Il en a de bonnes, lui. Certes, il est médecin, mais comment peut-il être sûr de cela ? Il en a déjà vu des cas similaires ? Oui, un neurologue doit déjà avoir vu beaucoup de cas.

— Bon, on ne va pas rester longtemps.

— Pas de souci, si elle est fatiguée elle vous le dira, n'est-ce pas Steph ?

Et elle le regarde avec un grand sourire. Mais de quel droit l'appelle-t-il Steph d'ailleurs ? Je ne le trouve pas très professionnel ce médecin.

— Maman, on t'a apporté des livres, des chocolats noirs, un magnifique carnet et un stylo.

— Comme ça tu noteras tout ce qui te revient, hein, maman ?

— Oui, mes chéris. Très bon choix de livres et ce carnet est magnifique. Je commence à m'ennuyer, ça tombe bien. Comment ça se passe à l'école ?

— Ca va, c'est ch…

— Un euro pour les gros mots !

24- Fin de visite

Finalement Steph ne semble pas trop fatiguée, mais heureuse de voir les enfants. Nous restons toute l'après-midi en goûtant les chouquettes. Les enfants sont contents. Pour ma part je stresse car je sais que Steph va bientôt sortir de l'hôpital, et la laisser avec ma mère m'inquiète. D'ailleurs faut-il qu'elles restent ensemble ? Mais sinon comment puis-je tout gérer ? Je vais en toucher deux mots au beau gosse de médecin.

— On va s'en aller pour laisser maman se reposer un peu.

— On revient quand ?

— Maman va bientôt rentrer à la maison.

— Trop chouette.

Trop chouette, vive les enfants et leur insouciance ! Je sais bien que ce ne sera pas chouette du tout. Il faudra que Steph reste à la maison sans s'engueuler avec Gaby. Bon, il faut que je pense à autre chose.

Nous quittons l'hôpital. Les enfants embrassent vigoureusement leur mère et elle me gratifie d'un « merci monsieur ». Je sais qu'elle est amnésique, mais c'est dur à entendre ce « monsieur ». Deux étrangers. Voilà ce que nous sommes devenus. Je maudis cette croisière. Finalement, comme elle le disait, elle a toujours raison. Nous n'aurions jamais dû céder au caprice de ma mère. À cause d'elle je me retrouve avec une femme amnésique et ma mère sur le dos. Je sais que je vais me plonger de plus en plus dans le travail, ce qui ne sera pas forcément la bonne solution. Il faudrait que je reprenne ma place au sein de ce foyer et que ma mère soit beaucoup moins envahissante. Mais elle ne changera jamais. Les gens ne changent pas. Certains peuvent tout au plus s'améliorer. Concernant ma propre mère j'ai quand même de gros doutes.

Dans la voiture les enfants chantent, ils sont heureux et ça fait chaud au cœur. Nous arrivons à la maison où Gaby s'attelle à la cuisine. Que nous a-t-elle concocté pour ce soir ? Encore des crêpes ?

— Soirée italienne !

Non, c'est une blague. Après tout ce que nous avons vécu durant la croisière, elle ne va pas pousser le vice jusqu'à nous reparler de son vieil italien quand même ? J'ai bien peur que si.

La musique italienne résonne dans toute la maison et ça sent bon les lasagnes. J'aperçois une bouteille de Valpolicella.

— Super, mamie, elles vont être trop bonnes tes lasagnes.

— Ça, j'en suis certaine vu ma recette mystère !

— Des lasagnes, ce sont des lasagnes, mamie.

— Mon chéri, tu m'en diras des nouvelles de celles-ci. C'est ma recette de lasagnes, rien à voir avec celles vendues en supermarché. Et j'y ai ajouté ma petite touche personnelle. Tu peux faire décanter le vin, s'il te plaît ?

Ce n'est qu'un petit vin italien et pas un grand bordeaux. À quoi bon le décanter ? Il faudrait peut-être aussi que je le mette dans une jolie carafe ?

D'ailleurs, où ma mère en est-elle de ses médicaments ? Il faudra qu'elle aille voir un spécialiste et aussi que j'appelle son médecin traitant pour lui expliquer la situation. Il sera sûrement en capacité de nous aider, qui sait ?

— Oh, oh, oh, je t'aime à l'italienne !!!

— Non, je préfère Ti amo !

— Mamie, on fait un karaoké italien ?

— Après le dîner.

— Non, maintenant mamie, s'il te plaît.

Pour ma part je suis épuisé par cette après-midi et je n'ai vraiment aucune envie d'entendre mes enfants vociférer en italien.

Je commence à avoir mal au crâne.

— Chantez un peu, je vais me reposer dans la chambre.

— Oh non, papa, tu chantes avec nous, comme maman.

— Je ne suis pas maman et je déteste chanter !

Et là, je vois la tête déconfite de mes enfants et le regard noir de ma mère. Oui, j'en conviens, mon ton était sec. Je suis fatigué, moi. Et comment faisait Steph pour supporter ces karaokés ?

25- Rendez-vous avec Tom Cruise

Le lundi suivant Tom Cruise, enfin son satané sosie, m'appelle pour convenir d'un rendez-vous afin de discuter de tout ce qui m'inquiète.

Il faut envisager la sortie de Steph et l'organisation chez nous.

Elle ne pourra pas reprendre le travail de suite, peut-être commencer un peu à la maison.

J'ai une semaine bien occupée, encore un nouveau chantier.

Nous prenons rendez-vous pour jeudi matin.

Je ne vous cache pas que je suis stressé.

Il me reçoit dans son bureau et m'explique très calmement comment les choses vont se dérouler. Pour lui, médecin, tout a l'air simple, c'est son quotidien. Par contre, me concernant, cela est beaucoup plus compliqué.

Pourtant, il trouve des réparties à toutes mes questions.

Moi j'ai peur qu'elle sorte et qu'elle se perde, j'ai peur de me retrouver face à elle sans savoir quoi lui dire.

Il me rétorque qu'il faudra un temps d'adaptation au départ, que Steph pourra sortir avec les enfants, par exemple, au moins au début.

Il va nous programmer des rendez-vous régulièrement pour évaluer son état. Avec la mémoire, cela semble difficile de se projeter. Chaque cerveau réagit différemment. Il faut surtout le stimuler, ce que nous ne manquerons pas de faire.

Par contre, pour Gaby, il ne peut pas me conseiller grand-chose. Certes, elle est envahissante mais peut se révéler utile en ce moment. Elle pourrait bien nous aider, sauf si elle repart dans ses délires.

Les enfants sont relativement autonomes même s'il faut garder un œil sur eux.

Moi qui avais tout délégué à ma femme, je me retrouve aujourd'hui bien démuni.

— Peut-être que ses cauchemars cesseront.

— De quels cauchemars parlez-vous ?

— Depuis des années elle se réveille en pleine nuit, complètement apeurée, mais elle ne veut pas en parler. A priori c'est lié à son adolescence. Parfois elle regarde les immeubles et compte jusqu'à cinq puis se met à pleurer.

— On pourra voir cela par la suite et même essayer l'hypnose qui donne de très bons résultats.

— L'hypnose ? Mais c'est complètement…

— Débile ?

— Excusez-moi, Steph est plutôt madame mille volts et teste beaucoup de choses pour lutter contre le stress. Moi j'ai un esprit beaucoup plus cartésien.

— Ce qui n'est pas plus mal pour un architecte.

Et l'on se sert la main en se séparant.

26- Bienvenue chez moi

Le grand jour est arrivé.

Je récupère ma femme avec ses affaires à l'hôpital.

Nous sommes en semaine, les enfants sont à l'école.

Maman a tout rangé à la maison, mis des fleurs, préparé à manger ce qui fait plaisir à Steph, tout pour qu'elle se sente bien.

Ça me semble bizarre. Je suis face à une inconnue.

J'ai pris ma journée pour rester avec elle et voir comment elle va réagir suite à son retour à la maison.

Elle continue à m'appeler « monsieur », ce qui semble normal à Tom Cruise, beaucoup moins en ce qui me concerne.

Elle réagit très bien en voyant Donut qui se précipite de suite vers elle. Ils se font des câlins comme au bon vieux temps, je suis un peu jaloux.

Lorsqu'elle voit ma mère elle me regarde en me demandant pourquoi j'ai pris une « bonne à tout faire » ?

Je regarde Gaby se raidir et lui fait un signe de tête. Je lui ai maintes fois expliqué les choses mais il faut avouer que ça reste comique comme situation.

— Je suis Gaby, la maman de Thomas, ton mari.
— Je suis mariée ?

Je commence déjà à regretter d'avoir pris ma journée et rêve d'échapper à tout ça en me plongeant dans le travail. Mais je l'ai peut-être déjà trop fait par le passé. Et c'est sûrement en partie ma faute si on en est arrivé là aujourd'hui. Faut-il prendre cela comme une sorte de punition ?

Voilà, je suis puni car je ne me suis pas assez occupé de ma famille, ma mère y compris.

Je ne suis pas vraiment croyant, mais Dieu doit m'envoyer un message qu'il faut que je déchiffre pour entamer un changement de vie. Franchement ce n'est pas si simple à décoder.

J'adore ma famille mais je suis plus à l'aise en faisant des plans pour créer des maisons. Cartésien, comme disait l'autre.

Je fais visiter la maison à Steph puis nous passons à table.

Pas évident de meubler. De quoi parler avec une personne amnésique ?

J'ai hâte que les enfants rentrent de l'école. Au moins je serai plus à l'aise car eux parleront.

J'ai demandé à Audrey de passer le lendemain, pour voir comment réagira ma femme. Enfin, c'est plutôt Tom qui me l'a conseillé, suite aux visites d'Audrey à l'hôpital qui se déroulaient plutôt bien.

Visiblement Steph la prend un peu pour sa sœur.

Je me suis organisé pour que les grands ramènent Charlotte à la maison afin de ne pas trop fatiguer Steph en allant la récupérer. Nous pouvons les attendre tranquillement ainsi.

— J'ai vu qu'il y avait une belle baignoire, puis-je prendre un bain ? J'en rêve depuis longtemps.

— Oui, bien sûr. Les enfants ne vont pas tarder, mais je peux te faire couler un bain.

— Merci beaucoup, monsieur.

— Ecoute, Steph, appelle-moi Thomas s'il te plaît.

— Oui, monsieur Thomas.

Je pars les larmes aux yeux lui faire couler son bain.

Elle se prélasse environ une heure en écoutant de la musique.

Puis les enfants arrivent et se précipitent tous ensemble sur elle.

— Maman !

— Oh, mes amours, vous m'avez manqué.

— Toi aussi, tu nous as manqué. Tu vas mieux maintenant ?

Je fronce les sourcils. Je leur ai pourtant bien fait la leçon.

— Mais oui, je vais très bien vous savez.

— On va goûter ?

— Oh oui, j'ai une faim de loup !

Steph, manger à cette heure ? Ce n'est vraiment pas son habitude mis à part certaines fois en vacances. Elle a changé. Il faut que j'accepte ces changements.

— Vous ne vous goinfrez pas trop sinon vous n'aurez plus faim ce soir.

— Oui, papa, répondent-ils tous ensemble.

Je les laisse et pars dans la chambre pour souffler un peu.

Je me mets à pleurer comme un gamin.

Un homme ne pleure pas pourtant. Je m'en veux. Je n'entends pas Gaby arriver à pas de loup.

Elle me prend dans ses bras.

À mon âge, franchement, cela semble peut-être ridicule, non ? Mais sur le moment, son geste me rassure.

— Ça va aller, mon chéri, il faut juste lui laisser un peu de temps.

— Je sais, mais c'est dur.

— Je comprends, on est tous dans le même bateau.

— Maman !

Je ne sais pas s'il faut en rire ou en pleurer. Je ne veux plus jamais entendre parler de bateau. Voilà où nous en sommes arrivés à cause de cette fichue croisière.

— Désolée, mon fils.

Nous entendons les enfants nous appeler et allons les rejoindre.

Il faut faire les devoirs, qu'ils se douchent, et préparer le dîner, la routine continue.

Épilogue

Le lendemain Audrey arrive pour passer l'après-midi avec Steph.

— Alors, ma belle, comment te sens-tu ?

— Bizarre, je me sens bizarre.

— Tu m'étonnes. Tu ne fais pas les choses à moitié, toi.

Et elle me fait un clin d'œil. Amnésique, vraiment ? A-t-elle tout compris, comme moi je l'ai compris ?

Ma vie, mon mari, mes enfants, mon boulot, est-ce que tout va continuer ainsi ?

Je n'en peux plus.

Mon mari ne semble guère s'en soucier, ma belle-mère encore moins.

J'ai beaucoup vécu pour mes enfants mais maintenant je souhaite vivre la vie qui m'attend, qui me convient.

Nous discutons avec Audrey une bonne partie de l'après-midi, une discussion à bâtons rompus et avec des clins d'œil à répétition.

Dorénavant, je veux prioriser mes envies et souhaite me réaliser.

Tout ce que j'ai appris dans mon métier me sera bien utile. Je compte développer toutes ces activités et peut-être même me mettre à mon compte.

La vie est faite pour être vécue et non subie.

Il m'en aura fallu du temps pour comprendre mais je pense qu'à mon âge il faut absolument que je sois alignée avec mes envies et mes besoins en arrêtant de faire passer les autres personnes avant moi.

À ce moment de la journée je ne sais pas trop ce que l'avenir va me réserver.

Ce dont je suis certaine c'est que notre avenir, c'est bien nous qui nous le créons.

Remerciements

Depuis toute petite j'ai toujours un livre, un carnet et un stylo avec moi.

Lorsqu'il a fallu choisir un métier, j'ai répondu le plus sérieusement du monde : « écrivain » mais on m'a rétorqué que ce n'était pas un métier et que je devais faire du droit.

Je n'ai jamais lâché l'écriture (ou plutôt c'est elle qui s'est constamment imposée à moi).

Elle m'a permis, dès mon plus jeune âge, de jeter sur le papier tout ce que j'avais sur le cœur.

J'ai commencé à écrire un livre avant mes vingt ans et je l'ai envoyé à plusieurs maisons d'édition. L'une d'entre elles m'a proposé de m'éditer à compte d'auteur.

J'ai refusé car une personne de mon entourage l'avait tenté et n'avait pas réussi à vendre ses livres qui stagnaient dans son garage.

Par conséquent, j'ai mis de côté le manuscrit tout en continuant à noter ce que je voyais, entendais ou ressentais dans mes carnets.

J'ai alors essayé d'aller au bout d'un roman mais j'en avais commencé tellement que je n'arrivais à en terminer aucun.

Puis, je me suis focalisée sur ce premier roman, celui que vous tenez en mains. Je l'ai souhaité léger, la vie étant bien assez triste parfois au quotidien. Mais c'était sans compter tout le travail de réécriture. Le premier jet n'est que le sommet de l'iceberg.

A force d'acharnement je suis arrivée au bout de mon rêve et je peux aujourd'hui enfin répondre à cette question : « Que regretterais-tu de ne pas avoir fait dans ta vie ? »

Je voulais écrire un livre et remercie toutes les personnes bienveillantes qui m'ont soutenues dans mon projet malgré mes doutes et ce fichu syndrome de l'imposteur.

Merci à toute mes Isabelle, Mel, ma Cyntia, Emmanuelle, Nelly et toute la grande famille des Lectipotes.

J'oublie certainement beaucoup de personnes vu l'émotion.

Merci à Emilie RIGER pour sa bienveillance et ses encouragements.

Merci aux nombreux auteurs pour avoir répondu à toutes mes questions lors de salons et surtout à Marilyse TRECOURT pour sa dédicace au salon du livre de Paris en mars 2019 qui a été un énorme déclencheur. Merci d'être au rendez-vous, tes mots me vont droit au cœur.

Et surtout, merci à vous, lecteurs qui avez fait la démarche d'acheter ce premier roman. En espérant vous voir encore et encore.

« Dans la vie, il faut toujours viser la lune, car même en cas d'échec on atterrit dans les étoiles ».

Oscar Wilde